底片的真相

BROKEN SOUP

[英] 珍妮·瓦伦堤 著
Jenny Valentine

王淑玫 译

重庆出版集团 重庆出版社

Broken Soup by Jenny Valentine
Copyright © Jenny Valentine, 2009
This edition published by Harper Collins Children's Book 2011.
Simplified Chinese edition copyright:
2016 Changsha Senxin Culture Dissemination Limited Company,
in association with Bardon Chinese Media Agency
All rights reserved.
版贸核渝字（2016）第 026 号

图书在版编目 (CIP) 数据

底片的真相 / [英] 瓦伦堤著；王淑玫译.—重庆：重庆出版社，2016.9
书名原文：Broken Soup
ISBN 978-7-229-11135-9

Ⅰ.①底… Ⅱ.①瓦… ②王… Ⅲ.①长篇小说—英国-现代 Ⅳ.① I561.45

中国版本图书馆 CIP 数据核字（2016）第 092137 号

底片的真相
DIPIAN DE ZHENXIANG

[英] 珍妮·瓦伦堤　著　王淑玫　译

责任编辑：钟丽娟　曾　玉
责任校对：杨　婧
装帧设计：八牛设计工作室

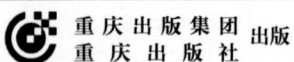

重庆市南岸区南滨路 162 号 1 幢　邮政编码：400061　http://www.cqph.com
重庆出版集团艺术设计有限公司制版
重庆华林天美印务有限公司印刷
重庆出版集团图书发行有限责任公司发行
E-mail: fxchu@cqph.com　邮购电话：023-61520646
全国新华书店经销

开本：787mm×1092mm　1/32　印张：9.5　字数：102 千
2016 年 9 月第 1 版　2016 年 9 月第 1 次印刷
ISBN 978-7-229-11135-9
定价：29.80 元

如有印装问题，请向本集团图书发行有限公司调换：023-61520678

版权所有　侵权必究

1

那不是我的。

不是我掉的,但是队伍里有个男孩说是我掉的。

那是一张底片,单格、刮伤、饱受折磨的底片。我甚至看不出那是底片,他的手指把那张底片遮住了。他递给我的模样,一副除非我接受,否则世界的运转将会停顿似的,好像他除此之外无事可做。

我不想拿,我也说了。我说我甚至连相机都

没有。但是这个男孩只是站在那里,脸上写着"我知道我没错"。

他长得不错。友善的眼睛、开阔的嘴巴等等。他有一颗门牙缺了一角。不过,不错的长相不等于不错的人。如果你发现自己有这种想法,就该适可而止了。

排在我身后的所有朋友大笑起来。收银台里的女孩试着找钱给我,而队伍里的每个人都在看。我简直无法相信这个男生为什么要这样对待我,难道让陌生人无地自容就是他每天的例行公事?或许他口袋中有一大堆杂乱无章的东西——不光有底片,还有顶针、保险套、眼镜和手铐。而我说不定算是幸运的了,不会太窘。

我不知道该如何是好,于是我说谢谢,天晓得我干吗说谢谢?然后照理涨红了脸,朝我的朋友扮了个鬼脸,假装我其实知道这是个玩笑。我把这张底片连同橘子和蛋一起塞入包包。然后,他微笑了。

回家的路上,我不断地听到"罗文,那是什么?"还有"让我们看看"和"笑容不赖哦!"——那一群穿着制服的海鸥在我的四周尖声怪叫、指指点点、跳来跳去。我像以往一样在脑袋中拆解发生的事,直到它成为四散的碎片,让我再也无法拼凑回去。我想要知道店里那么多人,他为什么挑上我?还有我应该对此感到高兴吗?我想到他说的话"你掉了这个……没有……我很确定",还有我的应对举止(表现得像只被车头灯照到的兔子,然后争辩、投降)。表面上我好像在嘲弄这整个事件,但是又暗自觉得自己像个白痴。我对于可能发生了什么重要的事毫无头绪。

我是罗文·克拉克,跟店里的那个自己不是同一个人,再也不是。罗文其实是一种能够避邪的树(原文为rowan,中文译为"山梨",为高约十公尺的落叶乔木。民间用于咒语疗愈的配方,可净化、保护、消除负面能量,或抵御恶意的法术,或驱赶有害的妖精)。在过去还不太文明的年代里,人们用这种植物制作十字架来抵挡邪恶的巫婆。或许我爸妈是刻意帮我取这个名字的,也可能不是,但反正没什么效果。倒霉事和我家之间的关系就像磁铁般相互吸引着,完全无视于中间的阻隔。

等到我带着买好的东西回到家时,早就忘记底片的事了,因为有一大堆的事等着我做。妈躺在沙发上睡着了,丝卓玛正看着无声的《诡异双亲(FAIRLY ODD PARENTS)》。丝卓玛是我的妹妹。她是以凯斯纳斯(凯斯纳斯为苏格兰郡名,位于苏格兰北部)外海的一座无人小岛命名的。那座岛在一九六一年之前还有人居住,其中之一就是我爸家族的祖先。后来,就只剩下灯塔里的一个人。等到灯塔演变成不需要人工操控时,那个人也离开了。那就是丝卓玛和同名岛屿的共同点——逐渐地被遗弃。

我做了炒蛋放在吐司上,配上切片的柳橙和一杯牛奶。我们在吃的时候,我问她今天过得如何,她说,棒极了!因为她写了五个完整的句子,没忘记句点等等,所以获得本周之星。身为本周之星意味着能得到一枚用硬纸板做成的胸章,同时可以在说故事时间坐在软垫子上。显然,她说的是她在周末时做过的事。我说:"那我们做了什么事呢?"她开始扳起手指头一一细数。

"我去了动物园。跟妈妈和爸爸。我们看到老虎。我吃了爆米花。很好玩。"

五个谎言,但是我没吭气。不一会儿,她抬起头和我四眼相对,然后开始说起别的事,但是她满嘴的柳橙害我听不太清楚。丝卓玛和我交谈的时候,嘴巴里都是食物。这就是没有家长在旁盯着看的好处之一。另一个好处就是,可以直接用手拿东西吃,还有,只要你高兴,就可以先吃布丁。

晚餐后我在洗碗,她画了一张行刑室的画。

"这是我们去游泳。"她说着,便指着血流成的河和吊在墙上的那些人。

我说:"如果你想去,我们可以星期六去。"她想去,其实我早就知道了。

她要我画只独角兽,尽管最后看起来比较像根本该扔到垃圾桶里的犀牛,但是她为了表示挺我,仍旧将它涂成粉红色,并且命名为"亮亮。"

等她洗好澡、穿好睡衣之后,我们会一起读一本书。只要觉得困了,丝卓玛就会要妈妈。仿佛她是维多利亚时代的孩子,只能要求一名家长和她说晚安,其他的时候只得接受佣人的照顾。我说,妈妈得等十分钟以后,因为我得先叫醒她。我播放着丝卓玛有记忆以来每天晚上都听的摇篮曲录音带,算准在任何人来说晚安之前,她就会睡着。

妈很痛恨被叫醒。一杯茶根本无法安抚她那怨恨的情绪。我们或许看得到世界入侵她的双眼变成现实,但现实的重量又把她拉回去。她一醒来就只想再回去继续睡。我知道得有耐心,我心里明白睡眠是她假装生命不是垃圾的避难地,但是我也认为两个活生生的女儿或许值得她保持清醒。

我帮她的背按摩了一会儿,然后说丝卓玛在等她。

她推开我站起来说:"她现在又想要什么了?"仿佛一整个晚上都是她在喂、在洗、在跟丝卓玛玩,而不是我。

我说:"她只是想要一个晚安吻。"妈翻翻白

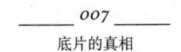

眼,脚像是被黏在地上似的朝着楼梯走去,似乎那是她最不想做的事。

我看着她,脑中浮起我一贯的思绪——那个旧妈妈被困在这个新妈妈的身体内,像个被困在高塔中的无助的公主;像手术台上麻醉失效,使得她无法出声或是动弹的病人——她只能看着我们陷于无可救药的错误之中。

等到大家都就寝,我的事情都做完,开始有空思考时,我记起店里的那个男孩,还有那张不属于我的底片。我把底片拿出来端详,确定从来没有见过,只见它被折起来、被包包底层的灰尘覆盖着。底片看起来好老旧,其中一面比另一面亮,边缘布满孔洞——实在是一种拙劣的影像传达方式。我把它拿起来对着台灯看。

眼睛很难适应底片上原本应该是明亮的地方却是黑暗的。画面看起来好像是海洋生物或是菇

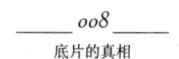

蕈类,终于看出来是张开的嘴,而且我拿反了。嘴巴里的喉咙深处应该是最暗的,颜色却最淡。看不出什么端倪,只能看出:一张充斥着光线、张开的嘴和一双火热的眼,瞳孔是白色的,黑色眼球上的虹膜覆着点点光芒。

那是一张打从心底绽放出光芒的面孔,眉开眼笑的,笑得嘴巴都合不拢,宛若正吐出一颗灯泡。

2

我还没有提到我哥哥杰克,这其实很奇怪,因为他是那时候大多数人对我的认识,不管我到哪儿,"杰克的妹妹"就是我的通行证。道理很简单,大家都爱杰克,而我不需要做任何努力来博取他们的欢心。一切都打点好了。

我会怎么向一个不认识我哥的人形容他呢?我可以从长得很帅开始形容,他遗传了我爸的身高、我妈的皮肤;或是聪明,因为对他来说,学习新鲜事物从来就像弹指般容易;或许风趣,当你和杰克相处一会儿后,我保证你的肚皮会开始发痛;还有大方,如果朋友有需要,他什么都能给。

他不会用那种自鸣得意或是惹人嫌恶的方式,也不会让你心生芥蒂——这就是杰克。我并不想说出惹人厌的话,但有人天生就是这么幸运。如果你问我,他就是那种只要他在场,就能让整个气氛变得更活络、当他离开后大家都会有点泄气的人。

我们两个差两岁,然后几乎再差十岁才是丝卓玛。所以,我和杰克像是第一轮的孩子,我猜想是计划中的孩子。

如果要我说一件跟杰克有关的事,那就是他的"宇宙地图"了。我想那是《国家地理杂志》的赠品。他保存好多年了,就贴在他衣柜门的内侧,但是没有人真正仔细地看过。

有一天妈正在抱怨屋子里到处乱七八糟,抱怨大家四处乱扔垃圾,害她无法清醒地思考。你可以听见她边上楼,边自言自语地碎碎念。她拿着一叠干净的衣物进入杰克的房间。大部分的咖啡杯都被他拿到这里来了,里面长满了霉菌;床单揉成一团扔在地上;床垫斜靠在衣柜拉出来的抽屉上,因为他正在教我如何跳到上面再滑下来;垃圾桶满了出来还发臭,还有,地上到处都是书和纸屑以及没装入外壳的CD,简直让人找不出踩踏的地方。

"为什么,"妈说,"我得这么累?"她环视四周,然后低头看着她自己笨到拿上来的烫好的衣物。

我感觉到她的长篇说教要开始了,于是我试着把自己融入墙壁。杰克只用双手抱住她,说:"来看这个,妈。"他让她站在衣柜前,并站在她身后用双手扶着她的肩膀。那时候他已经比她高多了。当他打开衣柜门时,所有的衣物都像岩浆般流泻出来。我觉得里面好像还有水果皮和马铃薯脆片的袋子。

妈几乎是暴喝出声并握紧拳头,双眼紧闭,然后有那么一会儿静默,让我以为她马上就要发作了。但是杰克说:"不!不是这个,不是要你看这个,真的。"他大笑着,不让她发脾气。明知道这时候大笑不好,但是我快忍不住了,所以我无法看着他。

他指着地图说:"这是已知的宇宙。"同时模仿电影预告片中那种雷霆万钧、有点严肃作态的声音。

妈手上仍抱着衣物。她翻翻白眼,要开口说话,但是杰克阻止她。他手上拿着断掉的收音机天线,然后像老师、气象播报员一样地指着地图。

"这个小点,"他说,"是地球。它就在这个圆锥体内,也就是我们的太阳系里面。那是太阳和所有的行星,对吧?你知道的。"

妈的脚尖以双倍的速度叩着地板,脸上写着"赶快结束",明显的不耐烦。

"现在这个圆锥体,也就是我们的太阳系,有太阳、行星等一切东西,是这个邻近星团,这个圆锥体中的,这个小点。"他顿了一下做做效果,仿佛正对着一整班的科学家说话。

"然后这个邻近星团是这个称为超级星团的圆锥体里面的这个小点。你懂吗?"

总共有五六个圆锥体,最后一个是已知的宇宙。

"已知的宇宙,"他一遍又一遍地对她说,"已知的。"

妈说:"这个到底有什么关系?"

"嗯,"杰克双手张开,脸上挂着"爱我"的撒娇表情,"现在,从万物的比例来看,整齐的房间到底有多重要?地图上哪里有标记?"

于是妈笑了,所以我们也能笑了。杰克给她一个大大的熊抱,她说他是聪明反被聪明误,接着把他的干净衣物扔在地板上的一堆东西上面。

然后她说:"你还是整理干净。"

正如我说的一样,有些人就是能让场面变得更有意思。

我并不是说杰克很完美。我不会假装他不曾把我骗得团团转,或不曾用力地踹我,或者没强迫我吃泥巴之类的事,因为他当然都有做,也许所有的兄弟姐妹都会这样。只不过他也照顾我,让我笑,说我很棒,然后教我一些除了哥哥之外没有人会教我的事。

所以,我想他。

我们都想他。

我们已经想了两年多了,而且会永远一直想他。

3

碧应该和杰克同年级。我知道她,但没说过话。大约在杰克死后一年,她才从别处搬过来。我对她一无所知。我注意到她的唯一原因,是因为那天在餐厅里她盯着我看。

起先,我以为是偶然——那种两眼发呆,然后突然回神,发现自己其实一直盯着别人看,让他们一直在猜为什么的那种。她正盯着我看,我等着她突然清醒,但是她没有,反而走上前来,当我是独自一人,身旁的朋友都不在似的。她微笑着,看

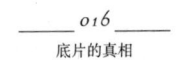

了一下四周,便对着我说"哈罗",然后她说:"那是什么?"就这样没头没脑的。

我说:"什么是什么?"因为我完全不知道她在说什么。

碧说:"他给你的东西。他给你什么?"

我说:"谁?"

她说:"店里的那个男孩。"

我问她怎么知道这件事,她说她就站在我们后面的队伍中。我试着去回想那天在店里的人盯着我看的样子,但是碧不在这些人里面。

都已经过了好多天了。

"我在场,"她说,"我都看到了。他长得很帅。那是什么——他的电话号码吗?"

我笑得比其他人都大声,说:"不可能,跟真的一样咧!"然后朝自己的鞋子看。

碧说我抗拒了好久,我说:"嗯,因为不是我

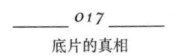

的。"

她说:"什么不是你的?"

我不确定我是否还带着那张底片。我在包包中翻了好一阵子才找到。她举起来对着日光灯看,那张折得皱巴巴、可怜兮兮的负片。

我们静默了一会儿,然后碧说:"那是谁?"我说:"我不知道。"

她说:"你觉得是男生还是女生?"我其实看不出来。

她说:"真是诡异,拿到这种东西!"

我说,那正是我想拒绝的原因,因为那显然是个误会。

"他可能看到你掉了。"碧说。但是他没有,因为我没掉,我对她也这么说了。

她问我,怎么可能会有人想编这种故事,有什么意义? 我想到那男孩的微笑,以及这世上有那

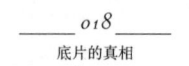

么多人其实我们完全不认识。"什么样的人都有。"我说着,便伸出手把底片要回来。

碧还给我,我把它夹在书本内好压平一些褶皱。

她问我要拿它怎么办,我说还没想到。然后钟声响起,七百五十个人开始同时向餐厅门口走去,包括碧,回头走向她来的地方,也没说再见,好像我们之间不曾对话过。

那时,我们家仍旧像座纪念馆。杰克无处不在:他在房间外微笑;九岁、十一岁和十四岁的他在楼梯上看着什么;他的头发旁分,梳得整整齐齐;双耳突出、孩子的嘴里含着大人的牙齿。妈在以为只有她独自一人时,会对着照片说话。我听见了。仿佛是寻常讲电话般,仿佛他根本没死,不过是搬出去,就在电话线的另一端而已,那种他一辈子每星期都会接到她打来的电话那样。你甚至会以为,死亡能够让他不用常被这样骚扰。

我从来不晓得她有什么好说的。我还在,可是她几乎不跟我说话。

家里就像纪念馆一样的安静,好像在教堂里面,全是压低的音调和昏暗的灯光,还有肃穆的脸孔。再也没有杰克制造的噪音了:没有大声的音乐,没有鬼叫声,没有吃早餐时拿餐桌当鼓敲的嘈杂音。没有,什么都没有了。

我的房间原本在楼梯转角的平台。丝卓玛出生时,我们需要空间,爸用一道新墙另外隔出空间来,再安上一道门,但是那里对婴儿来说实在是太冷了,所以丝卓玛得睡到我的旧房间,而我就搬了进去。空间很小,因为原本不过是让人在楼梯上转弯而已。没有暖气,电源是从厨房拉过来的延长线,所以我常觉得很冷,而且永远不能锁门。

杰克的房间和妈还有丝卓玛的房间在同一楼层,隔壁是厕所。他的房间有两扇窗户,一个大书架,还有一张老旧的木头书架。墙壁是称作"大象气息"的暖灰色。那是整栋房子里最悲伤的地方了,那是承载着每个人哀伤的活生生的有呼吸的母舰。就算我以为自己已经不再为杰克难过,似乎一切都已恢复常规,但只要走进那间房,就会从头开始想念他了。

偶尔,我想要这样的感觉。

有时候,我会放一些他的音乐。有时候,我会拿起他的吉他,但是我仍旧只会弹《斯卡保罗集市》(这是一首古老的英格兰民谣,原名为Scarboaough Fair,其起源可一直追溯到中世纪,原唱歌手为保罗·西蒙(Paul Simon)和加芬克尔(Art Garfunkel)。莎拉·布莱曼(Sarah Brightman)翻唱过该歌曲,收录于2000年专辑《La Luna》。此外来自英伦岛屿的GREGORIAN格里高利合唱团，又称"教皇合唱团"，也曾翻唱过该歌曲，并因为曾是电影《毕业生》之主题曲而成为脍炙人口的名曲）前面的六个音符，所以永远弹不久。我甚至不喜欢那首歌。通常，我会在他的床上躺成大字形，看着窗外的天空。那天晚上，我背贴着墙，下巴靠着膝盖坐着，手指头不断翻转着底片。我想到碧说的话，想着接下来要怎么做。

"什么都不做。"我心想，然后把底片对准旁边的垃圾桶，再继续思念我哥。

我不确定丝卓玛是否想念杰克，应该不会。她会把她和克拉克爷爷、海伦姨婆（她大概只见过两次），还有儿童新闻节目里面的人，一起放在祈祷的结尾中。但是我觉得他一离开，她八成就忘了他。反正，她几乎不怎么看到他，也许在早餐，他还不怎么清醒的时候；或是在车子里他戴着耳机,当丝卓玛是空气。不过杰克也带丝卓玛做了许多很棒的活动,像是带她去公园或是教她怎么折纸飞机,但是我想她太小,记不得了。她根本就不认识他。我不知道她是怎么把一切拼凑在一起的,家中的这个陌生人死了,然后把她的家人变成了陌生人。

我得告诉丝卓玛,因为没有人做这件事。就在他们告诉我的第二天早上。她还不知道杰克死了。她的世界整个都变了,而她努力地不去注意。她抬起头看着我说:"妈咪怎么了?"我说她很伤心。

她问我妈咪伤心什么。我说:"杰克走了。"然后丝卓玛继续哼着一段旋律,从小茶杯中倒空气出来。然后她说:"去哪里了?"我说我不知道。她拿起杯子和盘子递给我。她说:"要吹一吹,真的很烫。"

我说:"他死了,丝卓玛。他永远不会回来了。"

我感觉到刚刚有个重量,在脑袋中形成一股向下窜的压力,我觉得自己可能会陷下去或是内爆,因为我刚大声地说出口了。

丝卓玛安静了一分钟,然后叹口气、直勾勾地看着我说:"我现在能吃东西吗? 我好饿。"

事情就那样开始了,我落到要照顾她。

我走进厨房去弄吐司,可是没有面包,连面包屑都没有。我敲了妈的房门,拿了一些钱,带着丝卓玛去买东西。我不断把东西放入篮子里,一边努力搞清楚我们买得起什么,一边对棉花糖说不,却对巧克力、饼干说欢迎,同时琢磨着我们的晚餐要吃什么、早餐吃什么。我没时间失控。我没时间在转角的小店中躺下来尖叫、拍打地板直到双手流血。我没有时间想念杰克。丝卓玛继续不断地说话,为形状新奇的意大利面条兴奋不已,并且在小东西中找到快乐,就在那时候我已然想到,或许她也在照顾我。

4

信不信由你,那时候学校是我最喜欢的地方之一。其他的地方感觉都很累人,学校能转移我的注意力。我不需要去想那些显而易见的事。

杰克在学校的空缺,很快就被某个脑袋聪明、善于跑步、花蝴蝶般的人给填补了。

对我而言,在学校就像休假一般。当然这不会发生在家里,家里没有发生事情的空间。有时我会想,如果杰克正从上面往下看我们的话,他一定会觉得被骚扰得无以复加,一点都不能自由地享受死后的生活。

我想,到后来爸妈因此把彼此给逼疯了。在爸搬出去前三个月,他们就不再说话了。他们的周围有种奇怪、沉重的寂静氛围。我们避开了他们。

或许他们是因杰克而分开的,因为他们看到彼此时,只看到杰克。

或许他们本来就朝着分开前进了。也或许他的死反而让他们在一起更久。我不知道。

当爸终于坦承要离开时,我们老早就知道了。他睡在沙发上好一阵子了,假装他在办公室,基本上是闪避我们。他大可不必鼓起勇气告诉我们这桩旧闻,就连当时才五岁的丝卓玛都很清楚。

早在他离开之前,他就已经不在了,如果你明白我的意思的话。然后当他离开后,事情变得更糟。因为我们也得想念他。

反正,上学就好像放假,如果你能想象的话。

不知道我以前怎么会忽略掉碧,因为我们说过话后,不管在哪儿,她就成了我在人群中第一张看见的脸孔。不管我和谁在一起,我会突然意识到她就在附近,好像特别打了一盏灯,让她很容易被看到。

问题是,一旦看到碧,几乎就得告诉自己不要去看。表面上,我们大概差不多:或许身高差不多、肤色也差不多等等——可以列出一长串。但是碧拥有我所没有的。她的皮肤和头发是不同层次但又相同的蜂蜜色调。她的姿态是那样的挺拔、轻松又优雅,我不懂她是怎么办到的。而且,不只是我这样想。因为我总是看到别人在注视她,努力地想为什么自己长得不像碧那样。

第二回碰见她是在放学后,她表现得很诧异,但是我有种异样的感觉,好像她在等我。我得回去接丝卓玛,她就问我想不想去买个冰淇淋还是什么的。

我们三人去了石灰农场路前端的路口,那里有一家开了很久的店。他们在临街的窗口卖冰淇淋甜筒,不过客人也可以选择进去吃高脚杯里的圣代和银杯里的冰淇淋球。丝卓玛坐在碧的腿上,虽然里面大概有三十九个空位。她叽里咕噜地说着,她班上有一名叫卡尔·迪恩的男孩,故意用剪刀把自己的衣服剪了一个洞,因为他想要那个颜色做拼贴。她毫不费力地就让我们大笑。

我想起杰克九岁我七岁的时候,我们就在这家店举办生日派对。我想到所有来参加的孩子,他们现在到哪去了?是否有人还记得杰克?或是知道他死了,甚至在乎的?我回想着他当时坐在哪一张椅子上,是否就是我现在坐的这一张。

店里空荡荡,很亮很安静。我看到我们班上

一群人从窗外走过,大声鬼叫跳着舞,吸引不少目光。过去那也可能是我,但是现在我很高兴能和一个说不到十次话的女孩在一起躲在大理石桌旁。丝卓玛说她吃不下,我和碧就把她的薄荷巧克力吃完。碧试着用餐巾纸折出一只天鹅却失败了。我们看着墙上的照片——一张张从来没听过的名人的签名照。女侍带着丝卓玛去拿更多免费的薄酥饼时,碧问我是否还有再想过那张底片。

没有,一点都没有。我愣了一下才明白她在说什么。她看起来很感兴趣,于是我说会拿去洗出来,只是出于好奇想看看是什么。我希望说出得体一点的话,好和她多相处一会儿。我知道底片在杰克的垃圾桶里,因为我是唯一会倒垃圾的人,每个星期二晚上都会倒。那是他垃圾桶里唯一的东西,我们没再用过。但是,我还是想万一那张底片弄丢了,我就再弄一张。反正她也不会知道。

过了一会儿,她说:"如果你想要洗出来的话,我可以帮忙。我知道怎么做。"

她说话的方式让人很愉快,一点都不强迫,而且她说我可以带丝卓玛一起去。于是,我说好。

我们在接近周末的时候去她家。碧和她爸爸还有小弟住在费迪南庭园的顶楼公寓,从里面看出去,前面有座游乐场,还看得见整个伦敦,也可以看见电信塔(British Telecom Tower)。大门口走道两侧种了天竺葵和雏菊。碧的爸爸叫卡尔,他有一头很长的浅色头发和凹陷的双颊,一眼就知道他会弹吉他。她弟弟大约两岁,光着屁股穿着一件史努比T恤晃来晃去,这个光景立刻让丝卓玛大笑起来。他头发的颜色和卡尔一样,但是卷卷的黏成一片。

"我不知道你有弟弟。"我说。

"其实你对我了解得不太多。"她微笑地说着，"我们才刚认识。"

我们注视着他肉肉的背部，摇摇晃晃地穿过走道，丝卓玛紧跟在后，像只牧羊犬般的照顾着他。

"他叫什么名字？"

"桑尼。"

卡尔把丝卓玛和桑尼带到厨房去做些果酱塔。丝卓玛止不住地咯咯笑着。我想她可能会笑到站不稳。

碧把浴室柜子里的东西翻出来。她说直接把底片扫入Photoshop，然后在荧幕上直接看影像会快多了，但是她没有扫描器，反正她会用显影剂冲洗照片。那是卡尔教她的，那些东西都是他的器材。她说老式的做法比较好，因为她喜欢未知，然后花点时间让事情自然发生。水龙头开着，她的头埋在水槽下,一边跟我说,这种方式叫"慢活",意思好像是,自己烤面包,而不是冲到最近的店里去买;花一整天做午餐;还有坐船、搭火车再坐船,而不是搭飞机,因为旅程就是意义所在,而不仅仅是从一地到另一地而已。她告诉我的这些事情,是我从来没有想过的。这时我发现自己大衣都还没脱下来,不过我想我大部分都听懂了。碧的脑筋犀利而迅速,她让人看事情的方式,就像她的外表那样不同凡响。

等待的同时,我拿起一本书开始翻阅。碧说,其中有张照片是摄影史上第一张照片,在一百五十多年前由一名叫达盖尔的法国人拍的。(一八二六年,法国陆军退役军官尼瑟佛尔·尼埃普斯以沥青油涂在铅锡合金板上,曝光八小时,拍下第一张摄影作品《鸽子棚》,目前保存在法国博物馆,这张照片是世界上现存最早的照片。一八二七年,尼氏受邀至英国皇家学会作发明专题演讲,并奏请英王乔治四世驾临,不料尼氏临时未赴约,这一行为让英国当局十分反感,所以尼氏的大发明也被否认。一八三九年,达盖尔利用水银蒸汽熏沐涂有碘化银的铜版进行显影,曝光时间约三十分钟,申获法国政府的专利,被誉为人类摄影史上的伟大发明。)她说,那时候他们用的是很巨大的银版相机,如果想要拍到照片的话,得一动也不动很久。那时候有特制的头架,把人固定起来好拍人像照,否则拍出来都是一团糊。

她给我看的照片并不是人像照,至少不是刻意的。达盖尔将相机从窗户伸出去拍他居住的街景。那是一条忙碌的巴黎街道,到处都是人,可是照片中看不出是人,看起来宛若镜中的鬼魂。在那一群鬼魂当中,只有两个人——一个男孩在帮一名男子刷皮鞋,只有他们在同一地方停留得够久而成为真人。

我爱那张照片。我看着在不远处的两个模糊的人影,告诉自己,有时候人们不需要做些英勇事迹或特别的事,也会在无意间被注意、被记得和被欣赏。

碧从不同柜子里搬出来的东西有:一个有点像大型显微镜的东西、一颗红色灯泡、三个长得很像用来莳花弄草的浅盘、一只手电筒、一对夹子和几只黑色瓶子。她在跟我说话的同时,也不断地把东西拿出来,将浅盘放在澡缸中,把液体倒入浅盘中;莲蓬头放开后,只剩一条水管;把天花板上光秃秃的灯泡换成红色的。

她拉下百叶窗,关上木制窗板,再放下横杆,让外头光线进不来。然后锁上浴室的门,打开红色的灯,这下我们都染成了红色,空间感也变了个样。所有东西的线条都变柔和了,碧的眼白看起来跟她暗淡的红发、嘴唇、皮肤是一样的颜色。

"底片在哪儿?"她问。我从包包中取出底片的时候,她用两支铅笔把头发盘起来。我把底片递给她,她轻巧地把它滑入大型显微镜上方,这台显微镜平稳地架在水槽上的一片夹板上。然后她拨了开关,我的底片……呃,反正不知道是谁的底片,就变成A4大小映在下方的一块白板上。

我那时候就应该认出来,但是我没有。

碧估算了底片尺寸的大小,概略标示出区块,摆好位置。"受损得太严重了。"她说:"没办法把所有的刮痕去掉。"

那是室内唯一的白色光线。她在调整影像的焦距,一会儿模糊,一会儿清晰,影像随之起伏,如同幻影般,仿佛是照片的鬼魂,或是鬼魂般的照片。我不自觉注视着影像上的那双眼睛,就像一碰触就会产生火花的电浆球。碧完全地投

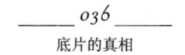

入,自言自语地说着影像的品质、光圈等等我听到了就立刻忘记的东西。她说要先试一下,好找出最佳的曝光时间,然后她开始计数:"一、二、三、四……"一共数了四回,便把某种液体倒入这些浅盘,再用特制夹子将相纸放进一号浅盘。房间里很臭,是那种我的肺部会拒绝吸纳的强烈酸性毒气。

"注意哦,"碧说,纸开始变暗并且起雾。"这只是其中的一小段,可能只有一点点脸颊或是下巴。"

她夹起来,浸入二号浅盘,在液体中拽来拽去。"这是定影剂,"她说,"可以防止影像消失。"

我点点头,但是她没有再看我。她打开门溜入明亮的走道一下。"十秒,"她再度进来的时候说:"十秒应该就够了。"

然后,鬼魂出现了,碧数到十,然后再把另一

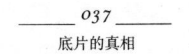

张相纸放入显影剂的浅盘中。而我憋着气。我猜，在有什么东西出现之前，我至少已经数到二十了。碧说得没错，等候的片刻——是期待。药水的臭味让我的胸口发紧、呼吸浅短，而一切都聚焦在这张即将在红色光线中改变的白纸上。

事情的发生往往令人措手不及。

突然，他出现在上面了——直直地盯着我们，双眼闪闪发亮，嘴巴因大笑而敞开。

杰克！

盘中晃动的液体在他的脸上轻拍荡漾。他看起来好像淹死在里面了。我双膝着地，脸颊贴在冰冷的澡缸边缘。我不确定自己是怎么变成这样的。我的口水吞了又吞，嘴巴里却不断泛滥着。

碧夹起我哥哥，将他滑入定影剂中。她一句话也没说。杰克大笑地看着我，一直笑到浸完了定影剂，碧把他放在流水下，把化学药剂冲洗干

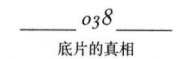

净。当碧清理周围、换回灯泡、打开窗户时,他依旧笑着。

他一直笑着,被夹在晾衣绳上,在澡缸上方滴着水。

5

在丝卓玛还更小的时候,经常试着要看东西的各种视角角度。每一次只要有人读《大象巴巴》给她听时,她会在巴巴的妈妈被猎人射杀的那一页停下来,扭转身体只为了要看到猎人的脸。我从来没告诉她,你是看不到平面纸张的所有视角的。她后来一定也发现到了,因为她不再看了。

我让自己想着丝卓玛,一边躲在碧的浴室中,一边寻找杰克相片上看不出来的东西。他的眼睛淡而透明,黑色眼球环绕着虹膜,瞳孔细小如针孔。灰色的相片，看起来好像镜子，我以为可以看到上面反射出什么，就像在汤匙背面或是别人的太阳眼镜上面那样，但无迹可寻，只有我这张脸的阴影凝视着相片上的亮光。

最后是碧的爸爸把我给弄出浴室，因为桑尼要用马桶，他真的不能再等下去了，否则会弄得一团糟。远离这张照片，就好像在阳光普照的日子里走出电影院一样，眼睛一时不知该如何是好——因为不再看着杰克了。

丝卓玛在走道上抓住我，兴奋急促地说着她如何擀面皮、如何用特殊的切割器在每一片饼皮上只放半匙果酱……还有，问我想不想看他们做甜点，要吗？要吗？但是我不要。

碧递给我一杯水，和我在客厅坐下来。她看着窗外，双手放在大腿上，背挺得笔直，下颌紧缩，仿佛强迫自己咬住牙齿。对她而言，这一定很尴尬。

我问："你知道那是谁吗？"她点点头。

"怎么会？从学校纪念册知道的吗？"她又点点头。

我猜她也不知道要说什么。

如果她有话要说的话，我也听不进去。刹那间，对我的耳朵而言，所有的声音都显得好大声，呼吸开始不顺，有种强烈地想要在黑暗中独处、什么都不看、什么都不听的感觉。

桑尼走了进来，两手、脸上、T恤，全身几乎沾满了果酱。他拿我当攀爬架，好像我不过是另一件家具而已。

"抱歉。"碧说，然后抱住他的腰提起来转圈圈，亲吻他鼻子上的果酱。"走，去找爸爸。"

我浑身麻木不觉。

我把底片留给碧，用信封把杰克带回家。妈

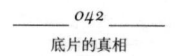

还在床上,即使听见我们进来也不会有反应。我帮丝卓玛开了罐头浓汤,省略了洗澡程序,便为她读了手边找到的最短的故事。我答应丝卓玛,如果妈起床,会叫她来亲她。然后,我带着我哥到房间,靠着门坐下,免得有人进来。然后我看了又看。

我常常想,杰克在死后改变了多少。别问我改变多大,但是他的确已经不是他了。

为学校纪念册还有球队拍照,又梳头又微笑的,又怎么样?你又不能乱动。反正都不是真正的他。杰克永远不会允许妈拿那些照片出来给别人看。可能的话,他会把它们烧了。他们为这事吵过架。他的房间仍维持原来的样子,却又截然不同,好像是一个场景,像博物馆中的展览品,一间虚构的男孩子的房间。他活着的时候,印象中我没有看见过他的床铺好过。他可以放任盘子、杯子在桌子上堆积、发霉好几个礼拜。他的床底下藏着食物,对着窗外抽烟,就算风直接将烟圈吹进房内,让所有东西混合着熟透的香蕉和臭袜子的味道——而不是空气芳香剂、灰尘以及停滞的时间——他还是抽。

当我想到科特·柯本(译注:超脱合唱团的主唱,自杀身亡。)瑞凡·费尼克斯(译注:杰出的年轻演员,自杀身亡。)或是玛丽莲·梦露这样的人,总觉得他们这辈子最出名的事就是"早死"。他们不再当真正的人——说谎或是上厕所或是随便干什么的真人。一夜之间,他们成了圣人和天才,成了任何人期待的样子。

杰克也是一样。他是个圣人;我们不过是活人。

我描绘着妈那具躺在房间里魂不守舍、不言不语的皮囊。她哀悼的这个男孩,这个值得她终身为他而活、值得让她忘记她还有两个活生生的孩子的完美男孩——到底是谁？毫无疑问的,她爱他,但是我不记得他活着时,她有这么景仰崇拜他。我记得她骂过他狗屎,也曾因为他未经许可,就从她的钱包中拿钱而将他禁足。我记得她在早晨用尖嗓门吼他起来,还有警告他不要在室内盆栽上尿尿。杰克即使活着,也比不上他死去的自己。妈仿佛借由失去杰克,让自己想要的儿子重生——一个在杰克出生之前,她就想拥有的那种儿子,只不过卡在他的个性上而已。看着那张照片,心中领会到有点不同于家中墙上四处都是的照片。照片上他的头发看起来没有梳过,也不会过度发亮。看起来浓密、深色而且凌乱,就像普通的日子一样。他的皮肤看起来仿佛伸出手就触摸得到。那么的清晰——眉骨上水痘留下的疤、泛红的双颊,还有他有心时足以完全改变他的脸的微笑。他有种明亮的味道。他很快乐,不是在一个俗气的背景前面表演的模样。

那是私底下。那是真实的。那是我想念的人。

那是我看过最像杰克的一张照片了。

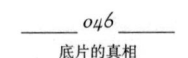

6

我试图弄清楚我哥的脸怎么会这样出现,但根本没必要,反正都说不通。一个陌生人给我一个我从没见过的东西,结果居然还真的是我的。我应该有什么样的感觉?如果我没见过的话,怎么可能是我的?

如果我不知道自己拥有某件东西,又怎么可能会掉?我检查大衣的衬里、包包内部,所有东西的口袋,并没有找到任何我没见过的东西。

还有,那个把底片递给我的男孩。我试着回

想他的长相，深色头发、深色眼睛，我记得一些细节，但是却记不清楚他的长相，甚至不确定下次见到时能不能再认出他来。他知道自己在做什么吗？还是那只是巧合而已？到底哪一种状况较糟？

我不相信巧合、还有命运之类的事。如果怎么做都无法改变，甚至没有一丁点的掌控权，那会让我觉得做任何努力都没有意义。再说了，我认为若有"巧合"，就一定会有"注定"，事情只是恰巧没发生而已。而且，因为根本没预期会发生，所以根本就不会知道差一点就会发生了。

不论我走到哪里，都想象着杰克刚好要离开，然后消失在转角，或是即将到来，只不过是在我离开后。这种感觉糟透了，让人觉得像是被困在箱子里的线团。

我没有给家中任何人看那张照片，无论是妈、

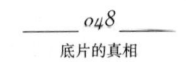

爸还是丝卓玛,都没有。我独自保留,把它藏在床铺底下最阴暗的角落,晚上我伸手就拿得到,但是其他人永远不会去找的地方。它找到了我,所以就是我的。这就是我的想法。

妈不时会去看医生,证明自己有在吃药,并没有拿去黑市转售。她吃的那些药丸八成花了国家医疗体系一大堆钱。我发誓她的药一定开错了,自从妈开始吃药之后,唯一的差别就是她变瘦了,不只手,还有脸,变得更形销骨立,仿佛地面雪融之后的光秃嶙峋。也许政府得确认花在她身上的钱是否值得。

我有一长串的问题要问医生,例如:他们是否知道我妈的病因是失去亲人,而不是体重过重?妈是否有跟他们说过一句话?因为她在家里几乎不出半点声音;我也想问他们,接下来妈会怎么样?

但是他们不肯跟我说,因为我还未成年,这一切都是天大的机密,不能泄露给我知道。但那些人不知道为什么每次都是我和妈一起来,是因为没有我,她根本就不会来。我是唯一那个能确保她毫发无伤、安全抵达医院,而且让她举止正常的人,但他们却对这个事实视而不见。

候诊室充斥着无聊的小孩和性病传染的海报。到处都看得到彬彬有礼的公开警告,上面说若是殴打接待员,你的麻烦就大了。妈坐在我身边,双眼紧闭,鼻子和嘴巴都用围巾包起来。根本就不冷。丝卓玛用力玩着三块乐高积木和一本没封面的书。

当扩音器叫到妈的名字时,她理都不理。我看着她低头极力地把自己埋在衣服里面。

丝卓玛说:"妈咪,该你了。"然后开始拉着她。接待员正注意看着。

医生的声音又响起："珍·克拉克，第五诊间。"

丝卓玛勉强拉起妈的袖子，但是妈动也不动，手臂只是在大衣中无力地垂挂着，如同她剩余的身心，毫无生命力，只是躲着。

"来吧，妈。"我拉着她的另一只手，让她站起来："你得站起来去看医生。"

我们看起来荒谬极了，一定的。两个孩子试着强迫一个成年女人移动。最后，有人朝着电话嘟囔了几句，一名医生下来带妈上楼。

"没用的！"我对他说，"不管你们做什么都没用！"在静默的候诊室内，我的声音显得更大声、更生气。我又坐下来，等大家不再盯着看。丝卓玛爬到我的大腿上，用一只手臂圈住我的脖子。一部分的我想把她推开，然后走出去；另一部分的我，却亲吻她的头顶，环视四周。

那就是我看到他——那个男孩的时候。他就

坐在我对面左手边的长条凳上,在角落里,而且他正在看我们。

丝卓玛八成感觉得到我全身肌肉紧绷,因为她抬起头问:"怎么了?"

我摇摇头说:"没事。"但是我的目光没有移开,因为无法移开。他穿着一件黑色的连帽上衣,帽子戴在头上。我看到他时,他没有移动、没有闪躲,甚至没有左顾右盼。他的表情一点都不惊讶,只是微笑,令我想起牙齿上的缺口。我觉得我的脸好像不是我的,紧绷而且僵硬,所以没有报以微笑。我只是将下巴放在丝卓玛的头上,继续盯着他。

我知道我得问他杰克照片的事。我知道这是我的机会。我正在想要怎么开口的时候,接待桌旁的女人说:"贺柏·格林?贺柏·格林?麻烦你填这张表,可以吗?"那个男孩站了起来。

这时,妈出来了,面无表情、目光空洞地看着前方,丝卓玛见了便从我身上跳下来。她们朝着大门走去。我不能让她们两个人自己过马路。

"你的地址,"那个拿着夹板的女人对男孩说,"你没写地址。"

他有点口音,大概是美国腔吧,我不记得了。"市场路。"他说,"七十一号。"

他说出地址的时候,双眼直视着我。

市场路不是女生能轻松漫步的一条路。当碧怂恿我去见这个贺柏·格林时,我立刻这么回答。我提醒她,走在那条路上的女孩子,大都在努力工作偿还她们嗑药欠下的债务。

她说:"那就别用走的。如果骑脚踏车让你感觉比较好的话。"

我们就坐在摄政公园的树下,看着桑尼和丝卓玛把板栗装入垃圾袋中。丝卓玛有机会就喜欢当老大,她把桑尼呼来唤去的,仿佛这是生命中最重要的事,对桑尼贡献的板栗挑三拣四,但桑尼似乎一点都不在意。

我一直在谈那张照片,一直在跟她聊杰克的事。我说:"我就是想不通,他怎么可能就这样无端地冒出来,好像想试图跟我说什么似的。我从来没想过我会说出那些屁话。"

"那男孩或许知道,或许不知道。我只是觉得你应该要问他。"

"我才不要。"我说。碧耸耸肩,抬头望着树叶。"真的,"我说,"我才不要。"

"你是胆小鬼。"她小声地说,仿佛并不想要我听见:"你真是窝囊。"

我说她说的没错,我是胆小鬼,但是我是理智的胆小鬼。难道这不是在成长过程中,尤其是对女孩子三令五申的话吗?不要上聊天室,不要单独出门,不要相信任何人,不要跟陌生人说话,还有,绝对不可以和他们见面。我被强烈地灌输安全、安全、超级安全的观念,而我像海绵一样全部吸收到骨子里了。除非绿灯亮了,否则我几乎不会穿越马路。如果门没锁或者我知道有扇窗户没关,我就睡不好。如果天黑后出门,我会把钥匙握在手中,让钥匙尖端从指缝间突出,随时应变;就算天还亮着也是如此;冬天时,即使只是从学校走回家也一样。所以我为什么要去那种地方,找一个我没理由信任的陌生男孩?

我告诉碧,我和丝卓玛有一回沿着运河边走路的事。我们在空无一人的步道上转弯后,前面出现一个正在钓鱼的男人。他的衣着看起来一副看太多战争电影的模样——野战靴、狗牌还有镜面太阳眼镜。他赤裸着亮白、太过骨感的胸部。我立刻就不信任他。我脑袋里出现他拿着一把亮晃晃的大刀切开一条鱼的画面。我抓起丝卓玛的手转身就跑,还回头看他是否有在追我们,一边还拖着我可怜的妹妹穿过荨麻和狗大便。他没追,可怜的家伙,他根本什么事都没做。

"他不过是在钓鱼。"我说,"可是我不这么觉得,因为我疑心病重。这就是我要说的。"

碧听过之后说,她了解陌生人的危险。她说谨慎是件好事。但她也说谨慎和什么都怕是两回事。她说:"活在恐惧之中是行不通的,恐惧的东西会是什么呢?炸弹?一条暗巷?某个从地上捡起一张照片的男孩?你觉得害怕就能阻挡坏事发生吗?"

"不。"我说。

"那你何必呢?"她说。我们静默了一会儿,然后她说:"他不是某个五十几岁的老男人在网络上假装成少女啊,罗文。"

"我知道。"我说,"可是他仍有可能是挥舞着斧头的神经病。"

"管他的,"碧说,"他也可能是很不错的人。如果你坚持不相信你不认识的人,只因为你不认识的话,你的世界会很寂寞。"

"我朋友够多了。"我说,"我有很多朋友。"

碧笑了,说那是她听过最悲哀的事了。她改变坐姿转向我说:"你希望怎么死?"

我说我一点都不想死,她又笑了,说我必须选一种方式,我说不出来。

"那你想要怎么死?"我问她。

她说:"我想要从飞机上掉下来。"

"什么?"我说,"你在开什么玩笑!为什么?"

她说她真的想知道自己时候到了,而且完全没希望了,这样她可以把自己抛出去,直接跳下去。"而且,"她说,"我会在飞。"

我目瞪口呆地看着她。"还真是勇敢。"我心想。

碧说:"好吧,那你呢?"

现在我不想说了,觉得自己像个笨蛋。

"在睡眠中,等到我老的时候。安稳而平静。"我说,"我以为大家都这样想。"

"你真让我惊讶,罗文。"碧说,"你做的都是些没用的屁事。但在某方面来说,我又觉得你其实要勇敢多了。"

我们坐在树下,我思索着死亡。妈和爸帮我们转学,因为他们觉得那样比较好。为了安全,他们搬家。他们让我们上游泳课、戴脚踏车安全帽、上自我防卫课,还有吃均衡的饮食。他们帮我付电话费,这样子有急难时,我们不会信用破产。他们承诺如果我们永远不抽烟,就会在我们满二十一岁的时候给我们五千英镑。

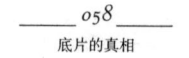

但是，我们家还是有人死了。

我能说什么呢？死亡是一种你千方百计要避开，但是终究要直接面对的事。

我看着树影下碧的美丽侧脸。我想到她知道的事，还有去过的地方以及读过的书。我想到只因为认识她就让我觉得好过多了。我想到她、卡尔和桑尼，还有他们家满是花朵的门庭。我想更像她一点应该没什么不好。在事情发生前就害怕有什么好处？为什么不等事到临头再处理？

"你说得对，"我说，"你一直是对的。"

"那就去做。"碧说，"难道你会有什么损失？"

这就是我在某一个灰蒙蒙的下午四点半，淋着雨、被盯着看，不疾不徐地骑着脚踏车，数着市场路上门牌号码的原因。而碧帮我照顾丝卓玛，那是她为了"说动罗文去做"所砌上的最后一块砖。

7

市场路很长,建筑物之间的距离相当远。距离马路蛮远的地方有座大型社区,占地有六个街区之大,各有类似"鸦疤"、"冷河"这类令人振奋的名牌。我试着表现出有决心(但不是做生意)的模样持续前进。然后我开始怀疑七十一号是否存在,结果错过了。七十一号坐落在转角处,一家钉着木板、覆盖着鸟粪、破烂老旧的酒馆。招牌漆成黑色,"七十一号"用白色亮光漆涂在前门上。看起来除了鸽子以外,没有人住在这里。我绝对不

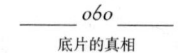

会走进去。

我在错过门牌号码后，在路边停下来回头看。我一只脚踩在地上，边平衡着脚踏车，边搜寻着手机要打给碧，告诉她状况多么让人失望时，刚好看见停在建筑物外面转角处的货车。那是辆老救护车，后方有一道长形的对开门和条纹状的窗帘。驾驶座的门对着人行道敞开着，贺柏·格林就坐在那儿，座位往后推到底，两只脚翘在挡风玻璃上。他正在看书。我大概发呆了十秒钟。他的头发短到看得见头皮和头骨的形状。我喜欢他的脸孔。我可以把他的部位拆解开来，形容他的鼻子很挺直、他的眼睛是棕色的等等，但是描述不出脸组合起来的模样。就像杰克曾说过的，当好事发生时你得在现场。我看着他慢动作的呼吸，他眼睛迅速地扫描着页面。我喘了一口气，心里想着："碧会怎么做？"

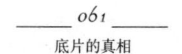

等到我从脚踏车上下来,牵着车朝他前进时,他回过头微笑着,仿佛一直在等我似的。然后,他站起身消失在座位的后方,然后打开车屁股的对开门,就像在老救护车上接待客人的样子,仿佛大家都知道那就是应门的方式。

我们同时打招呼。我不太敢直视他的双眼。

"我是贺柏。"他说。

我点点头说:"我知道。"但是我应该回应:"我是罗文。"于是,等我终于反应过来时才说。

"很高兴认识你。"他说,然后将双手塞入口袋中,我想那取代了握手。

"这就是你住的地方?"我说。

"目前是。"他说,"我到处搬来搬去。"

"在市场路上?"我说。

他大笑地说:"是啊,风景很好,而且停车不用钱。"

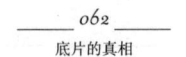

我问他从哪里来的。他说:"纽约。你呢?"

"就这附近。"我说。我指着路边的酒店。"谁住在那里?"

"噢,没有人。"他说:"我想他们搬走好一阵子了。里面乱七八糟的。"

"我喜欢你的救护车。"

他微笑。"我也是。"很奇怪,贺柏在闲聊,而我想问的事却被我抛在一边。

"你要进来吗?"他说。

"我想,不用了。"

我仍握着脚踏车把手。他问我是否担心脚踏车。我摇摇头。我说:"你为什么把东西给我?"

"什么? 你掉的东西吗?"

"我才没掉东西。"

"我看到了。"他说,然后他微笑着,似乎难以相信我居然在和他争辩明知是事实的事,"你掉在门口,我捡起来了。"

我告诉他,起先我以为那是他在开玩笑。"我以为你随便给别人东西好捉弄人。我以为你想要让我在大家面前出丑。"

他说,那实在是太奇怪了,我们都笑了,但只维持三秒钟。

"更奇怪的是,"我说,"我从来没有看过那张照片,但确实是我的。"

他问我是什么意思。我说:"那是我认识的人。"

"难道不是因为是你掉的,所以是你的?"他微笑着,双手在身边摊开,一副为什么我们还在讨论这事的模样。

"我不知道。"我说,"或许真的是我掉的,但是我还没弄清楚。"

"我不懂这有什么问题。大家随时都会掉东

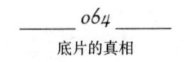

西。"

我觉得他开始觉得我很奇怪,我是说,觉得我神经有问题。我说:"那是我哥哥的照片,可是他死了。"我强烈地希望他不会说出一些软趴趴的话。

"天哪,我真抱歉。"他说,然后,"要不要喝点什么?"

有点软趴趴,有点有说等于没说,但还可以。

我把脚踏车靠在墙边,坐在救护车的门口。在贺柏忙着掀开小型隐藏式灯具的盖子,并且用脚踩着地板就把茶壶装满的时候,我说:"你知道为什么很诡异吗?是因为我从来没有看过那张照片,然后你发现了,结果竟是我哥。"

他说他真的没有要吓我的意思。他说:"我猜,那是在你一无所知的情况下变成你的。"

"是啦,但是就算是那样也让我昏头。我不可

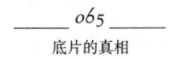

能拥有过,结果却忘得一干二净。那真是一张很棒的照片。"

"那是秘密,"他说,"我懂了。你得解开谜题。"

箱型车的后门敞开着,我们坐在这辆车的底盘上,双脚着地。茶有点辛辣,那是从写满保健常识的包装中,拿出来煮的姜茶之类的东西,不过味道很不赖。

他说:"你一直都住在这附近吗?"

"北伦敦女孩。"我说。他笑了。

"上纽约州男孩。"

我从来没去过纽约,不知道要说什么才好。我不知道"上州"是什么意思。我说了"哇"或是类似的空洞字眼,然后问他几岁。去年八月满十八,比杰克大三个月。我说:"你是怎么办到的?离家然后四处旅游……"

"我一直想这么做。"他说,"世界这么大,我们得早点开始。我想要动身、离开。"

"离开什么?"我问。他耸耸肩。

"一切,不管是什么,我只是想要移动。"

我用鞋子拨动脚下的碎石子。"一切。"我说,"我也想要远离那些事。"

对面的运动场上在进行足球比赛。我们可以看到球员的头在墙的上缘冒出来,快速移动着。

"嗯,不妨让你知道,其实并不见得管用。"他说。

"那是什么意思。"

"噢,我不知道。你依然是你,不是你人在哪里。"

我想到"女言玄语"的杰克式哲理。以前只要有人希望杰克提供一些"走鲜有人走的路"等等自立自强之类的建议,他常以这种抽象言辞回应。

这不禁让我嘴角弯了起来。如果我和贺柏比较熟的话，我就会告诉他这为什么好笑。所以我只问他到目前为止去过哪些地方。

"嗯，我从纽约飞到巴黎。我想要坐船，但是花费太多了。我想要在大海中央，一连几个礼拜除了海水以外什么都没有；想看看我是否会发疯。或许改天吧。我和朋友在蒙帕纳斯（编按：法国地名。）待了一阵子，然后我搭火车来这里。我才刚开始没多久，还是个新手。"

"接下来你要去哪里？"

"嗯，我才刚到这里，还不到一个月。我想要去苏格兰、挪威、西班牙，随便哪里都行。另外，钱不够的时候，我得尽量利用机会工作。反正看着办吧。你咧？"

"噢，什么都没有，哪儿都不去。"我说，"我什么都还没做过。"他似乎觉得很有趣，所以我没跟

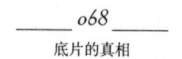

他说那其实不是说笑。

他问我关于妈的事。我真希望他那天在医生那里没看到她。我告诉他,她实际上不是那样的,那是谎话。我告诉他,他们在调整她的药方,所以现在只要等就好了。我支持她,因为我知道理当如此,但如果我是贺柏的话,我一句都不相信。

他说:"跟你一起的是你妹妹吗?"我说是,然后不知怎的,杰克的事、我爸基本上不过是兼职父亲、我被迫照顾一切等等的事情全都脱口而出。我告诉他,我的朋友都觉得我很无趣,因为我不能跟大家鬼混太久,否则通常都得拖着一个六岁的小鬼。我听见自己向这个刚认识的人抱怨发牢骚,然后告诉自己:"停!要风趣一点,有礼貌一点。够了,不要再抱怨了。"

可是都是真的,我实在无法把自己脑袋里的念头赶出去。我的朋友在想他们的牛仔裤搭配靴子看起来是什么模样时,我想的是冰箱里还有多少牛奶。他们在聊化妆品和男生时,我听见的是洗衣机和儿童节目频道。我说:"我没办法再轻松愉快地和朋友相处了。"

贺柏站起身来,将剩余的茶水倒在街边的一株蔓生植物上。他说我刚刚说的事,他自有想法,如果我不介意的话。

大约六点半的时候,我站起身来,开始调整脚踏车上的灯。我其实还不想离开。贺柏说:"你要留下来吃饭吗?我菜烧得还不赖。"

"不行,我得去接我妹,还有事要做。"

我谢谢他的照片。我说:"我完全不知道照片从哪里来的,但是我想是我的,而且很高兴有这张照片。"

"不客气。"他说,"我很高兴是你的。"

我骑车离开这条逐渐变黑的街道,掠过一个

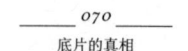

可悲的怪人和街头游民还有球员,贺柏一直挥手直到我再也看不见他。

我的嘴角忍不住弯了起来。

我回到碧家时,她问我没收到她的简讯吗,她至少发了三封简讯。"我没收到你回话时,就连我都开始怀疑他是挥舞斧头的杀手了。"

我没检查手机,没想到她会担心。"他住在救护车里面。"我说,因为我知道她会喜欢听:"他来自纽约。"

"你喜欢他吗?"

"没错,我喜欢他。"

"你们聊了些什么吗?"

"没什么。我没去那么久。"

"有,你去了很久。"碧说,"你去了差不多三小时。"

"也许吧。他在旅行。他很有意思,也很友

善。"

"就跟你说吧。"她说。

"我很喜欢他。"

"进行得怎样?"

"什么进行得怎么样?"

"你们有谈那张照片吗？我以为那是你去的原因。"

我说有谈到,但是其实没有。"我不知道。或许我真的掉了,一定是我掉了。"

"你还要再跟他见面?"

我耸耸肩,好像那不是我能主宰的事。就算我真的想要和贺柏相处,我还得考虑到丝卓玛。我用手捂住丝卓玛的耳朵,跟碧说了这些话,丝卓玛一直扭来扭去想要挣开。我说拖着一个孩子很难做什么事。

碧对着我挑起眉毛。她说我不需要把生活搞

得那么复杂,她随时都可以照顾丝卓玛,"不是每个人都介意和小孩相处。"

我站在那里,想到我的朋友宁死也不愿意和我妹妹一起出门。我想到他们说,难道不能把她留在什么地方、任何地方。然后和他们一起出门吗?每一次暗自希望能丢下她的时候,就觉得自己像个坏人。

我说:"你永远是对的吗?"

"当然不了。"她告诉我,"只不过还没错过。"

我带着丝卓玛回到家时,天气已经变冷了,而且灯都暗了,仿佛没人在家。黑暗中,妈坐在沙发上。我把我们的大衣和丝卓玛的书包挂起来,然后清理她的餐盒。她坐在厨房餐桌边画画,而我烧开水煮意大利面,趁她不注意的时候,把青酱上的绒毛刮除掉。若是收音机播放了很棒的音乐,我们就跳来跳去。丝卓玛爬到桌子上,全心全意地投入画画。我们俩都不提屋子里欠缺家长的事实,也不期待亲吻、微笑,或是一杯热巧克力。我们都不说为什么别人家里每天晚上都不是这模样,我想,那时我们已经习惯了。

答录机上有两则爸的留言。他能从妈身上得到的就只有这样了——她很久很久以前所录下来的"我们不在家"的声音。那也是他每个礼拜最接近担任家长角色的时刻,因为他工作的时间太长,而且我们在家的时候,他总是忘记打电话回来。他会说些类似"丝卓玛,别忘了刷牙""罗文,希望你有在读书"还有"我希望你们两个最棒的女孩表现良好"这些话,我们翻了翻白眼便继续做我们在做的事。其实真的很可悲。

我记得妈和爸宣布他们要再生一个宝宝的那一天。那是他们仍旧喜欢彼此的时候。我们正在吃早餐,试着不去想他们有性关系。

杰克说:"拜托,我在吃饭。"我躲在玉米片后窃笑,然后我们都被赶回房间。很明显,他们完全看不出四十岁怀孕可笑的一面。

杰克说:"你想,他们是不是因为我们已经不再可爱,所以要再生一个取代我们?"当时杰克差不多快十二岁了,他坐在地板上,两条腿几乎占据所有的地方。他突然变得好大,我想:"天啊,搞不好是这样。"

杰克和我还小的时候,妈和爸总是陪着我们做所有的事。我们放学回家的时候,妈总是坐在沙发上等着。我以为她一整天都坐在那里等着我们。爸用早餐麦片盒和蛋盒做太空船和宫殿。妈把面包卷起来、切成片,制作成果酱卷三明治给我吃。爸做的咖喱辣到我们眼泪直流,连喝水都像火烧着一样。

我们自觉是宇宙的中心,我想因为我们是在

他们宇宙的中心。

他们对待丝卓玛也是一样。所有的东西都用糖霜、亮片或是颜料覆盖起来。爸在垃圾场帮她找到一辆脚踏车,翻修之后,看起来像全新的一样。每天晚上他回家后,就会带她去骑脚踏车,就算她累毙了,只不过在街头绕一圈而已,也是一样。有一年圣诞节,妈帮她制作仙女服,熬夜用手工把粉红色缎带缝制在翅膀上,直到凌晨两点。他们玩寻宝活动、舞蹈、做姜饼人,没停下来过。杰克和我都说他们是电视儿童节目主持人,嘲笑他们的运动裤和头发上的颜料。我们说他们应该有点自尊心,好好表现出该有的年纪。但我们不过是在吃醋,因为我们不再是他们的中心了。我们只是开玩笑,我们只是坏心眼。

丝卓玛出生的那一天,当我们等着要看她的时候,妈说人的心竟能蕴藏这么多的爱,实在叫人吃惊。她说,她以为我和杰克已经把他们的心房填满了,但是居然另一间写着丝卓玛的名字。

他们一定是把心房的钥匙给弄丢了。因为现在"我"是那个花几个小时捡拾沙发上的黏土和地上玩具的人;是"我"发现OK绷立即修复的能力,以及丝卓玛一顿饭能吃多少豆子;是"我"给丝卓玛抱抱、唱歌、说床边故事。而不是妈或爸在街头蹦蹦跳跳地喊着:"我们要去猎熊!我们要抓一头大熊!"再也不是了。

变成是我。

但是,我永远不可能取代他们,而且我也不想,不想从早到晚担任这种角色,不只因为没有别人了,而是我的心态都表现出来了——我不是妈或爸。丝卓玛有时发脾气,并不是因为她的泳装配备不齐,或是娃娃屋的踩脚垫脏了,也不是香蕉皮有棕色斑点,而是这些事都压在她身上,而她受够了。

我早就知道没有所谓正常的家庭。也许我们以为自己拥有正常的家庭,但是总会发生一些事来证明我们的想法错了。我不断地告诉自己,学校里有些学生的状况比我们还糟,而且糟多了。我也知道我的父母是好人,只是坏事发生在他们身上,不是他们的错。

但是杰克死后,他们保护自己的方式,就是拒绝爱我们这些还没死的孩子,让我们自力更生地努力活着,直到有一天有个谁想起我们还在。

8

第二天,我和碧坐在餐饮部中,看着她同年级的男孩们进行食物混战。她说:"他们怎么有办法玩成这样,头发还能一丝不乱?有上那么多发胶吗?"

我大笑说:"以前杰克对这里的一些女孩也有些意见。"

"什么意见?"

"他以前常抱怨唇彩的味道,还有她们把所有的时间,都花在检视自己在反光表面上的模样。

他的讲法害我笑到不行,笑到我得答应他,我绝对不会变成那种人。"

"嗯,你不是。"碧说,"我也不是。"她站起来把自己的东西放入垃圾桶内,我和其他所有的人都盯着她看。我希望杰克还在,可以认识碧。突然我感到一阵心痛,这种事再也不可能了。他一定会像我一样地喜欢她。我想要告诉她,但是我不知道如何开口,所以什么都没说。

"你今晚要做什么?"当我在包包里翻找不记得做过的功课时,她问。

"烧饭吃饭、帮丝卓玛洗澡、送她上床,然后躲在我房间里。"我扳着手指头数着,只差大拇指没扳起来。

"你们两个何不来我家过夜?"她说,"卡尔不会介意。"

"是啊,还可以让我妈休息一下哩。"我说,试

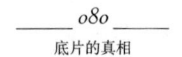

着让这句话表现出更多趣味。

碧问:"你妈到底发生了什么事?"

"她发生的事就是'她永远无法接受她儿子死亡的事实'。"

她问妈是否生病了。

"我不知道。"我说,"如果是病了,那药应该有效吧,我想。我觉得她是有史以来最哀伤的人了。"

"噢,老天,"碧说,"想想看她的感觉。"

我说,她没留给我们太多的想象空间,她表现得很明确。

碧看着我,一副她正在厘清什么的模样。"你很气她吗?"

"有什么用?"我说,"我根本就没有生气的对象。她根本就不在。"

放学后我用手机打给妈。她当然没接,但是

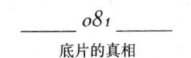

我留言了,还留了碧的电话号码,怕万一她有什么需要。留她一个人过夜让我觉得怪怪的,好像她是我的孩子似的,好像她应该要有个保姆才对。我留言说,如果她希望我们回家就打电话来。我多希望她会打来,但是我知道,她也许宁可要一个没有我们的宁静夜晚。我知道她几乎不会察觉到我们不在。

回家的路上,我看着丝卓玛像牛皮糖般黏在碧的腰上,希望碧不会像幽闭恐惧症患者那样焦虑恐慌。

走到一半,丝卓玛突然停下来,因为她忘了带泰迪熊和睡衣。我差点就撞上她。

碧说:"你可以穿我的T恤。"

"我也可以用你的牙刷吗?还是那会有细菌?"丝卓玛问。碧说她觉得她的牙刷应该很安全,但是桑尼的可能比较适合。丝卓玛说:"可是我的嘴可以吗?"碧嗅嗅她的口气,然后说她觉得应该也很安全。看着别人照顾我妹实在是一种解脱。

我们抵达碧家的时候,桑尼正在哭,隔着门就听得到他的哭声。他一看到我们,哭得更大声了。卡尔无奈地看着碧,似乎桑尼已经哭得太久,令他不知所措。

"我来,爸。"碧说。她朝桑尼张开双臂,他立刻就爬了上来。她带着他走出敞开的前门,沿着步道走。他的双臂绕在她的脖子上,穿过头发的指头交织在一起。他还在大哭。丝卓玛和我被留在玄关上,和看起来极度不希望屋子里再多两个人的卡尔在一起。我有种空洞的感觉,感觉继续留下来实在很糟糕,而我得采取温和的方式让丝卓玛失望。

"现在是不是不方便?"我问。丝卓玛发出呻

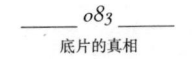

吟。那种"你干吗这么说"的声音,好像如果不能留下来全都是我的错。

"噢,他不过是情绪不好而已。"卡尔说。他搓揉着耳朵,仿佛桑尼的噪音钻进去不肯出来的样子。"这种时候碧最有办法。他厌倦我了。"

他问我们是否要喝饮料或是吃点点心什么的。他对丝卓玛说:"你忙了一整天,一定累毙了。"此话一出,卡尔立刻成为丝卓玛心目中全世界最有趣的人了。

我看着碧和桑尼一起摇晃着。她对着他的头发说话,他玩着她的头发,仍旧嚎啕大哭着。不知他们的妈妈在哪儿。

碧在步道上来来回回走了很久,等到她回来时,桑尼已经在她肩膀上睡着了。她把他放在沙发上,没有吵醒他。卡尔说:"谢啦,孩子。我没皮条了。"

碧耸耸肩说:"甭客气了,爸。很高兴为你服务。"

丝卓玛坐在桑尼身边摆弄着他的毯子,仿佛她是南丁格尔之流的人物。她对着他的脸颊、睫毛还有起伏的胸口叹息着,一副他是她见过最可爱的东西似的,但其实她不过才比他大四岁而已。

"他还好吗?"我问。

碧说:"他有点发烫。心情不太好,感冒了。"

我问,我和丝卓玛是否该离开。我不想制造更多麻烦。

"噢,不必。"卡尔说,"其实你们来得正好。我会在这位少爷醒来之前做一点晚餐。你们两个爱怎样就怎样。丝卓玛,来帮我的忙,当我的二厨。"

他们消失在厨房内,我们待在原来的地方,像看电视一样地注视着桑尼。"他很可爱。"我说。

"他美极了。"

我觉得自己实在很糟,老是在抱怨丝卓玛,让碧听起来好像是某种苦工似的。我心想碧一定帮了很多忙,而且做得比我好,而且从来不抱怨。我说了些关于她是个善良的人之类的话。

"你随便说说的吧。"她说:"我哪里比你好?你在说些什么啊?"她大笑。

"嗯,你对大家都很好,从来不抱怨。"

"我只是没大声说出来而已。你应该听听我脑袋里面的想法。"

"里面住着一只怪物吗?"我说。

碧一脸严肃,严肃到好笑。她眯起眼睛:"你想象不出来。"

我忍不住笑了出来。

"杰克是个善良的人吗?"她说:"你介意我问吗?"

"一点都不。我喜欢谈他,你知道的。"

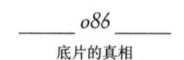

"了解,所以他是个善良的人,就好像你觉得我很善良那样?"

"他是最棒的人了。"我说,我笑得很自然:"大家都知道这一点。他总是在帮助别人。我是说对朋友,而不是爸妈。但是,他会为朋友付出一切。"

"他的朋友有谁?"碧问。

"噢,有住在街尾的梅莉,还有和你同届的彼特和奥斯卡,不过彼特现在离开了,是不是? 他大部分跟他们混。"梅莉、彼特和奥斯卡在杰克走后,不知道要跟我说什么,他们毫无头绪。但是他们尽力了。

"我喜欢奥斯卡。"碧说:"他的话不多,但是有话说时就很有趣。"

"我想他。"我说:"我是指杰克。"

"我知道你想他。"她说,坐在我身后帮我编辫子。

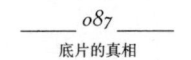

丝卓玛和卡尔做了饭,搭配绿花椰菜、番茄还有炸鱼柳,分量够大家吃。桑尼醒过来后,巴着卡尔不放,吃了好多。晚餐后,碧带他去洗澡,卡尔陪我和丝卓玛玩图形游戏。就是先随便画个形状,下一个轮到的人必须用不同颜色的彩笔把它画成另一个东西。碧后来也加入了,还有刚洗过澡还滴着水的桑尼,画在自己的腿上,这让丝卓玛又笑了。大家都忙着让六岁的孩子快乐,这和只有我的时候大不相同。

七点半时,卡尔拿着牛奶瓶带着桑尼上床,而我在沙发上念故事给丝卓玛听。她裹着百纳被卷成一团,拇指放在嘴里开始玩我的头发,就好像她以前玩妈的头发那样。过一会儿,我放松了,亲吻了她的额头。

她说:"我们明天也可以待在这里吗?"

稍后,碧和卡尔还有我一起做清理工作。我

们哼着同一首旋律,在狭小的厨房中,踏着舞蹈般的步伐,绕着彼此,完成手上的工作。我不知道东西该放到哪里,因为根本没有橱柜。我完全猜想不到上面搁着收音机的木制档案柜,是他们收纳锅碗瓢盆的地方。餐具则是摆在一个放内衣裤的五斗柜左上方的抽屉里。我记得果酱和蜂蜜放在右边,其余都放在餐桌上。比那些墙上挂着塑料橱柜、什么东西都有地方可收纳的厨房好多了。比在家做清洁工作好玩多了。

清理工作结束后,卡尔开始帮丝卓玛做第二天的午餐。

我说:"我可以明天早上做。"

他看着我。"你知道吗?今晚你休假。去,上楼看电影还是什么的。"

我问是否可以泡澡,碧就去帮我放水。等我到浴室时,她已经点了蜡烛还弄了泡泡,突然觉得自己一整晚和丝卓玛一样:被照顾。"没有你,我该怎么办?"我说,而且是真心的。

"这些事你早就在做了。"碧告诉我,"坚持下去。我们都是这样。"

夜里丝卓玛醒来,忘记自己在哪里。她钻入我的睡袋里,立刻又睡着了,只留给我狭小的空间和看天亮的机会。

以前杰克也睡不好。我们还小的时候,他会把我摇醒说:"没事咯,罗文,你做了个噩梦。我会照顾你。"

我一直知道其实不是我做梦,我也知道他不想丢脸,所以我从来都不说。以前我也总是清醒地躺着听他在我床下打呼。

我没注意到天色极为缓慢地从黑暗转为明亮,突然警觉已是早晨。丝卓玛伸展小小的身躯睁开眼睛,就醒来了。她完全地清醒过来,便以音速展开一天的生活,整个空间充斥着她的问题、话语和歌唱声。我挪到她留下来的温度位置,闭上眼睛,感觉那种准备再度沉沉睡去时周围发生的事。我听得见桑尼在楼上对着某人含混地说话,走廊底有厕所冲水的声音,丝卓玛拉开厨房抽屉的声音。然后,我强迫自己离开被窝,穿上衣服做早餐。

卡尔说他可以送桑尼去保姆那边,然后上班前顺道送丝卓玛上学,于是我可以和碧一起上学。终于有一次准时到校。

"天啊,卡尔人真好。"我们在等公车的时候,我说。

"可不是嘛。"碧对着我微笑,"他是稀有人种。"

"他做什么工作?"

"他在哈克尼的一所学校工作,每个礼拜两三天。他和那些老师已经束手无策的孩子在一起。他是他们的朋友。他说他也不喜欢老师。其余的时间他都陪桑尼。"

我们站在那里一会儿,盯着公车应该要出现的街尾。"你妈到哪儿去了?"我说,希望她不会介意。

碧说:"噢,她其实不算我们家的一份子。她生我的时候很年轻,差不多就是我的年纪。她有回来过几次,但是都待不久。她让爸很伤心。"

"那桑尼怎么办?"我说,"他一定很想她。"

她耸耸肩。"不,我觉得他这样比较好。"

我觉得自己好想再刺探,于是我说我很抱歉。

"我三不五时会和我妈见面。"碧说,"她蛮疯狂的。她很像人体模特儿和专业嬉皮。她现在在马德里帮某个疯狂作家烹调养生饮食。她在那里两年了。我不介意。"

她对着我笑,仿佛这件事她已经说过好几千遍,自己都听腻了。"不必感到抱歉,因为我不介意。我九岁的时候,卡尔带我去印度。我们在威尔斯的一个社区住了一阵子。他教我如何拍照和种菜,他很投入顺势疗法。(编按:又称同类疗法,属自然的药物科学,应用不同的植物、矿物或动物所制成的天然药物,以非常小的剂量来刺激与诱导病人与生俱来的免疫系统,增加人体自我调节与防御功能,达到治疗的目的。)他会说意大利文还有……"

"好啦。"我说,"'抱歉'是我表达不当,我一点都不觉得抱歉。"

可是,我感到抱歉,因为我觉得再也不想回家了。

9

再次遇见贺柏,是在丝卓玛和我放学后去小游乐场的路上。我们吃着装在纸袋里的鱼柳和洋芋片,配上大约四五十包番茄酱。这是我们有时候会在星期五做的事,庆祝一周的结束。我想要邀请碧,但是她和桑尼、卡尔不知道去哪里了。除此之外,我注意到碧大多是吃豆腐、沙拉还有豆芽,我不认为在冷风里装在油腻纸袋中的晚餐会吸引她。

我看到救护车停着,我说:"来,丝卓玛,我们去见见我的一位朋友。"

贺柏不在。我抱起丝卓玛,一同透过窗户看他的生活方式。橱柜的门开着,所有的架子都有突起的边缘,这样子转身的时候,杯子才不会滑落。画盒前面用透明板隔着,不用摊放在地板上就可以看清楚书背。墙上钉着一张地图和一些照片。有食物柜和一台冰箱,还有可以收纳枕头、毯子和衣物的空间。东西都有双重功能。后座是双人床(车顶也是),炉台是书桌,桌子拆解后可以塞入驾驶座后方。

现在我对此熟悉得宛如自己的手背,但是我永远忘不了那时候和丝卓玛站在外面朝里面看的感觉。对我们两人而言,那里简直就是另一个世界。

贺柏回来时,我们仍旧站在那里,鼻子紧贴着玻璃。我不敢进去,我怕自己会不想再出来。但丝卓玛进去了,爬进去跳出来、爬进去跳出来。贺柏把刚刚在广场上摘的蒲公英和金凤花插在桌上的蛋杯里。车里面都是鱼和薯条的味道。

"你换地方了。"我说。

"一两天了。"他说,"明天就会有人打电话抱怨了。"

他说这附近的人太习惯有钱有势的生活,自以为要什么就能有什么。他说他遇过一个在议会工作的人,他们曾收到当地居民的一封信,抱怨海鸥飞入内陆制造太多噪音,并且在他们的土地上大便。议会回信告诉他们,可以联合起来买一只车驱赶海鸥。

我说:"他们说不定还真买了。"

我问他,如果他可以去任何地方,为什么要待在伦敦?他说他不确定救护车能开多远,他还没测试过。"反正,我是个观光客,记得吧?"他说,"我爱伦敦。我可以离开并不表示我想要离开。我才刚到呢。"

我问他伦敦哪里好。我只认识我家附近。我只认识我们的学校、公园、商店、我们家,还有这些地方的道路,到处都是狗大便、垃圾和赌场。

"有那么多人从别的地方来,这里每天都说着那么多不同的语言。这很刺激,不是吗?在这个城市里,你不需要真的去那些地方就像旅行一样。"

贺柏说伦敦和纽约不一样,纽约被切割成一块块四方形,分成不同的区域而且运作很紧密。伦敦比较像一个大型围块,里面什么都不同,却全部回旋成一体,一片混乱。

我对于自己的无趣和欠缺好奇心觉得丢脸。生活在此,却完全看不见这一切,简直可笑。对于自己居然还问这问题感到愚蠢。

丝卓玛对着后窗呵气,然后在上面画圆。贺柏问我们,想不想和他一起进城去看些东西。如果我们周末没有别的事又想要去的话,明天可以去一整天。丝卓玛尖叫起来,我回头看她,她在吐出的云上面写着"好"。

第二天早上,我和丝卓玛很早就溜了出来。仔细想想,这其实蛮蠢的——征询某个根本不在意我们根本在不在的人的许可。所以,我留了一张纸条,然后一听到汽车引擎的声音就出门了。贺柏在街道的另一侧停下来,箱型车后面的窗帘尚未拉开,灰色的光线中,唯一看得到的是他的微笑。他在那一家贩售带皮苹果酥饼的咖啡店买了早餐。丝卓玛仍像平常一样,叽叽喳喳地说酥饼吃起来有指甲的味道。我端起大人的脸孔说"不要挑剔礼物,很没礼貌"之类的话,像爸会说的话。我真不敢相信我嘴里会吐出这样的话。

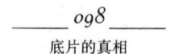

贺柏有本书叫《土地下》(编按:原书名为《The Fields Beneath》,在讲伦敦如何从一些田地和驿站开始发展、扩张、演变。)我上车的时候,书就放在乘客座位上。他说,在这里,到处都看得到过去的吉光片羽,久远到足以让大多数纽约客惊愕不已。

"像那栋房子,"我们沿着主要干道前进时,经过路边一栋原本和地铁站的当铺紧邻的建筑物时,他说,"朝那个方向就不对,因为铁路原本是从那边过的,那时候它还是独立的建筑,要一天才能抵达市区,周围都是田野。那本书里有那栋建筑物的照片,还有一幅画。"

我回过身看着我从来没注意过、来自另一个年代的房子消失。我心想:"他才来五分钟,就比我还要了解我住的地方。"

我原本就很担心在车上要说些什么,我在移动的车辆中可以非常安静。事实上,在必要的时候,我很不会说话,话得先经过脑中的关卡才能从我嘴里出来。我想象自己说的话,就像对方的回应及整场的对话——全部都在我脑袋里面进行,没有人真的开口说半个字。贺柏没有关卡问题。这个男孩有太多问题要问,有太多的话要说,而且他知道很多事实、数据和不相干的资讯。不知他到底是怎么记住那么多东西的。

我们去了特拉法加广场、圣马汀教堂和中国城。那是我在真正看过之前、已见过太多次的地方,也是我在等公车、或是校外教学时候落在队伍最后时,注视着的地方。贺柏对于所看到的一切都很热衷。他让丝卓玛坐在他的肩膀上,和她聊着经过的建筑物、雕像,还有人群。

我们去了国家艺廊,在那里待了将近两个小时。丝卓玛从来没去过,根本舍不得离开。

我觉得自己好像一直闭着眼睛在看。

我收到碧传来的简讯:"你在哪儿?"

我回她:"和丝和贺在环游世界。"

她下一封简讯写着:"我会想念你。"于是我回复:"睡觉前会回去,啾~"

贺柏问我在笑什么,我告诉他是谁。"再说一次碧是谁?"他问。

"我的另一个新朋友。"我回答,"你会喜欢她。"

在回家的路上,去看了一下电影院那边的住宅(因为贺柏想看),我们开车穿过罗素广场的花海。那条路又长又灰扑扑,直到起风了,我才注意到树。突然,周围扬起细细小小的浅粉色——花瓣在空中翻腾飞舞。贺柏得启动雨刷才看得见前方的路。

在汉普斯迪路的平房外头,有一群我们认识的孩子,什么年纪都有。丝卓玛的学校有很多孩子都住在那里。她先看到他们,身子就半挂在小小的车窗外挥手、喊叫着。我也加入,看到他们脸上的表情,我们都笑了——我们两个坐在一辆改装的救护车上,呼啸而过。

"城市的问题就是,"贺柏停在我们家外面的停车格中说,"如果你走了,它一点都不会留恋。你可有可无,它甚至不会注意到你不在了。"

"那是件好事,不是吗?"我说,"少了你,城市照常运转,这样不好吗?"

他微笑,说他从来没这么想过。

我们从箱型车中下来。丝卓玛累坏了。开始下起雨来。仿佛没有人在家似的,不过那不代表任何意义。

"你不会有事吧?"他说。我想要谢谢他,我实在是好得不得了。但是站在我们黑暗、悲伤的家门前,我实在无法说太多,只是微笑点头。

丝卓玛紧抱着他的腿,说她星期一早上在学校有好多事可以写了。他弯下腰,亲吻她的头顶,然后看着我说:"再见了。"

"拜托,当然希望能再见。"我心想,然后走上小径,把钥匙插入门上的钥匙孔。

我们回到家才十分钟,丝卓玛正在玩,爸就来电了。"罗文,你一整天跑到哪儿去了?"

我心想,实在是太有意思了,好像他突然在意起这回事来了。"出去走走。明天是你的日子,是吧?"

他用那种完全不能理解某件事、永远无法了解的方式笑了。他笑了,然后说:"哈维克太太早上九点打电话给我,说看到你上了一辆见鬼的救护车。"他的声音愈来愈大,而我得把电话拿远一点。

我说:"那不是救护车,爸,真的不是救护车。

那是朋友的箱型车。"

"你妈知道你去哪里吗？为什么那个女人从来不接电话？"

我想要说，要么是因为她吃了药，所以一整天都在睡；要不然就是电视开得很大声，根本听不见电话响。我想要说，管它电话响多久，她已经好几个月都不接电话了。我想要说，她甚至忘记自己有手机了。我想要说，她根本不知道我们在不在家。但是我不希望爸把"不适任"和"母亲"这两个字眼连在一起，于是我只说："她知道。你有过来吗？"

"没有。"他说，"我在上班。我得开会。"

"星期六？"

"那没有人受伤吗？"他说。

"没有，爸，我们都很好。我们不过是跟朋友在一起而已。"

"哈维克太太说是个男人。"爸说。

"他十八岁,爸。"

"我见过他吗?"

"他叫贺柏,你没见过。"

爸嘟囔了几句如果妈觉得没问题的话,他应该也会同意。然后我说她认可,但是现在我得去帮妈弄晚餐了。

"我能和她说几句话吗?"他说。

"不行,"我告诉他。"要烧焦了。"

"好吧,让哈维克太太知道你没事。"他说,"她会担心。"

见鬼!去他的哈维克太太!如果我们的日子像小说一样,当一切都走样的时候,就会有某个你从来没听过、但是温暖亲切的阿姨去打扰,然后唠叨着把我们全部带到某个地方。但是现实并不是那样,除了一些死掉或是住在天边从不往来的亲戚之外,没有别的人了。我并不在乎我们家族只有我们,不像某些人的家族像地铁路线般蔓延扩张。只是我觉得,如果家里人口少,却又开始出现裂缝时,失去的将远比可以投靠的三十五张面孔还多。

哈维克太太是我们延伸家族图谱最近的人了,她住在隔壁,基本上是个闻起来有痱子粉味道、行事鸡婆而无趣的老女人。我们三个小孩都不喜欢她。多年前,她帮妈照顾过我和杰克。她家有很多东西上面都有女王的肖像——杯子、茶巾,还有挂在墙上的盘子。她对你什么可以摸、什么不能摸,规定得非常严格。在她家的时候,我们都呈现脑残和别扭的状态,最后总是无端地吵嘴,不欢而散,所以她可能也不怎么喜欢我们。

等到丝卓玛出生的时候,哈维克太太已经不再带小孩,转而蓄意地拉扯她家的窗帘,弄得啧啧作响。

哈维克太太搞不懂妈。她以为妈不应门、拒绝海绵蛋糕或是不想喝杯好茶聊天等等的举止,只是没礼貌而已。毕竟,哈维克先生已经过世十年了。当时哈维克先生过世的第二天,哈维克太太就化了完整的妆,顶着一丝不乱吹好的头发,带着一人份的采购单出门了。而且她也不厌其烦地一再告诉你,她对于那些成天穿着睡衣、窗帘也不拉上、隔着墙都能听见在哭的人,没有一点同情心。我不知道,或许她觉得这样的人不够努力。

我懒得告诉她我们安全无虞,反正她一定看到我们回来了。什么都逃不过她的法眼。

就那么一次,那天晚上我没有想到杰克。我想着贺柏。

我想到那天早上我们什么都没说,一直对着彼此微笑,感觉很愉快,因为某些人会感觉很怪。跟某些人在一起,我一定会在脑中大呼好尴尬。

但是和贺柏,不过是不说话的打招呼。我想到他的牙齿整齐又洁白,好美丽!不管你怎么想,其实真的很不赖。

我想到第一次去市场路见他的时候,他害羞到不敢握我的手,把手藏在口袋里头、撇开脸的模样。

我想到他的手,还有他那么大、那么高,那么充满着喜乐,像是个装在大人身体里的孩子,就像是我的对比。

我想到他对一切都充满精力,以及他对我总是擦身而过的事物是多么着迷。

我想到他从哪里来、他看过的事物,还有他将要去的地方。我想到他对丝卓玛多么亲切,多么注意她,和她说话并且让她微笑。

这种入睡方式比平常好多了。

10

次日早上我醒来时,闹钟显示9:24,通常,丝卓玛八点就会出现在我房间,连星期天也一样,但是今天却没有。或许昨天让她累坏了,这次她真的睡过头。我躺了一会儿,享受不被需要的感觉,然后因为很不习惯,于是起身去找她。

下楼的途中,可以听到厨房里她细小的声音伴随着收音机轻哼着。她没看见站在门口的我。她背对着我忙碌着。她身旁的沥水板上,放着妈的大花图样珐琅托盘,上面有一碗营养麦片、一壶牛奶和一根汤匙。丝卓玛正用酒杯的杯口轻沾流理台上的一大堆糖。酒杯盛满果汁后,也放在托盘上。然后开始像烤肉串般地用吸管串起葡萄,插入酒杯中。糖洒满了一地,葡萄从流理台上滚落下来,掉得满地都是。她在托盘上放上一张对折立起来的纸,上面写着"罗文"。

我在她看见我之前,静悄悄地上楼梯,在房间里等她。我不想破坏她的惊喜。

我躺在那里假装睡着了,却听见楼下传来巨大的撞击声响:碎玻璃和瓷器和珐琅大声又悠长的回响,还有惊慌失措的哀嚎声。

我三步并作两步地冲下来,丝卓玛站在厨房中央不知所措,深色果汁和白色鲜奶泼洒在她赤裸的双脚上,地板上散落着葡萄和玉米片,还有碎玻璃和糖,果汁和鲜奶在其中流动、凝结。她仿佛站在悬崖边缘上、无路可走的模样。她在哭。

"没关系,丝卓玛。"我说,"别担心。"

她说:"我想把事情做好,可是现在你看这些东西!"她的声音嘶哑,有点崩溃。

我穿上球鞋,因为刚好就在门边。我抱起丝卓玛,把她放在水槽旁边的流理台上,差一点就让她坐在糖堆上。

她说:"妈会骂我。"

我说她不会,因为她不会知道。我暗自希望妈没有听到,也没有正在下楼打算给我们脸色看。我捡起大片的碎瓷器和玻璃扔到垃圾桶里,然后拿出抹布开始收拾地上的混乱,在水槽内拧干抹布,踩在葡萄、玉米片还有玻璃碎片上。抹布太慢了,我一直被碎玻璃刺到手指头,最后干脆用簸箕和扫把清干净,抹布冲洗过后,放在暖炉上晾干。

我在清理地板时,丝卓玛把双脚放入水槽中

冲洗。她的睡衣染到一块深色污点,于是我把她的睡衣脱下来放在水龙头下冲洗。她穿着内裤坐在那里,用难过的双眼看着我清理她在流理台上制造出来的脏乱。然后,我脱下球鞋,擦了鞋底,放回玄关,再抱她上楼,其实这蛮高难度的,因为她像死了般地整个摊在我身上,比平常还重。

"谢谢你帮我准备的床上特餐。"我帮她穿毛衣的时候说。她的头顶先露出来,然后她的脸出现了,好像她刚从圆领衫中出生一样。她已经不哭了。她开始表现出一副她知道这件事有好笑的一面,即使这一刻还没降临。

我问丝卓玛她想做什么。她说她想要在箱型车里和贺柏一起。

"今天我们不能去。"我说,然后丝卓玛说:"为什么不可以?"

"因为昨天去过了。"我说。

丝卓玛说她每天都想去,因为很好玩。"但是我们今天要和爸见面。"她说,"这样他才不会觉得被排挤了。"

我看着我妹妹,不敢相信她这么懂事、这么有韧性又这么慷慨。她让爸挑剔她,让妈继续抓狂,但她从来不抵抗。她从来不用身体去顶撞他们、要求他们或是抱怨他们。现在她还能考虑到爸的感受,而且试着照顾我。

丝卓玛换好衣服,我们下楼到客厅去。今天是个平静的日子。我们听得见妈在楼上走来走去,但是她没出现。爸来接丝卓玛去市区农场,然后在外面吃晚餐。他要我一起去,但是我说现在市区农场实在不适合我了。

他说:"我太少见到你了,罗文。"

我脑袋里列了一长串待会儿得做的事。洗学校制服、清理浴室、确保妈吃点东西、写历史作业、煮一点不是意大利面和乳酪的东西。耸耸肩,装出一派轻松的模样,然后说我学校功课很忙。

"还有忙那个十八岁的?"

"够了,爸。"我说,"你根本不知道自己在说什么。"

我不想独自在家却没人可照顾。我觉得自己可悲极了,像妈一样闷闷不乐,只不过是在不同房间里而已。我打给碧,但是她第二天有作业要交,而且已经拖到火烧屁股了。我想或许可以联络一些朋友,在大街上大声嬉闹,但是我一点都不想。我一点都不想他们,而他们显然也不想我。

我想要见贺柏。

我走到坎登寻找他的箱型车却没找到。我不知道此刻他正在做什么,我怀疑也许他正在想我。

我经过那家我没掉底片但却带着底片离开的店。柜台后面站着同一个女孩。她的T恤上写着

"只卖所需",我同意极了,但是我很怀疑她的老板会不会介意。她在讲电话,微笑,然后用那只缠绕着电话线的手对我挥了挥,一副就算想挂也挂不掉的模样。我拿了点优格和青花菜,还有一些丝卓玛超喜欢的小熊脆饼。我觉得自己简直可悲到家了。两个小时候的空当,竟然跑去帮妹妹买东西。

那女孩像老鹰似的紧盯着我,好像我可能会偷东西让她的日子刺激起来。她用嘴形无声地对我说:"你好了吗?"这实在是很聪明的招数,因为可以表示我准备要付钱了,或是我是否需要协助,或者我是否真的没问题,不用真的表达任何明确的意图,甚至不需要挂上电话。

我说我好了。她用下巴和肩膀夹着话筒,在收银机上打上九十九便士、五十七便士和二十八便士,然后伸出手来收钱。然后她又多看了我一眼,好像对着话筒嘟囔着:"等一下。"她对着我笑,那种有所求的微笑,然后说:"你是贺柏的朋友?"

我说:"对,算是吧。"她看我的模样,让我觉得我自己有点蠢。

"你在这里认识他的吧? 就是你?"她说。我点点头。

"你多大了?"她问。

"差不多十六了。干吗?"我说。

她对着我大笑。"差不多。他跟我说你是个孩子的时候,我还以为他在开玩笑。"

我告诉自己,她对我根本一点也不了解。我瞪着她直到她眨眼。我问她叫什么名字,保持语气轻松,并且试着不在脸上泄露任何情绪。

"有意思。"我说,把东西塞入我的袋子里,准备朝着门外走。"他从来没提过你。"这让我爽不了五分钟。

首先,她八成没说错。一个从纽约来,进行某种长期欧洲旅游的十八岁男生干吗需要我?他不过是捡起我掉落的东西。之后,我几乎在盯他的梢。天啊,这并不表示我们要做一辈子朋友什么的。

那个星期我没见过他。他没出现的每一天,我就更清楚我错得有多离谱,我是如何地会错意,想错根本没有的事。我在校外也没见过碧几回。她说桑尼生病了,保姆不愿意带他,她爸工作又太忙,所以她得帮忙。

又只剩下我和丝卓玛了,丝卓玛和我。我试着像贺柏一样表现得很热切;像碧一样表现得很包容。但是我骗不了任何人,我其实很寂寞。

我答应丝卓玛周末带她去游泳。我心情低落,天气又很糟,我讨厌全身弄得又湿又冷,但是我们还是上了前往阿济威的公车,因为丝卓玛喜欢游泳。她像条小鱼似的,会潜下去,然后我会看到救生员紧张起来,在椅子上向前倾身。之后她会在别处浮出水面,脸上挂着一抹大大的笑容在蹬水。真是小美人鱼。她那么热爱游泳,让人不自觉地感到开心。她爱人造海浪,还有开始制造海浪的声音。她爱每一公尺就刮掉你一层皮的滑水道。她也爱烘烤室,就像安静的迪斯科一样,里面有闪烁的灯光、让头发飞扬的热空气。

我们顶着一头被吹得像疯子一样的头发,还有冻僵的手指和脚趾搭公车回家。丝卓玛像只老鼠啃着一小包消化饼干吃。她说着阿姆斯壮还是首都城市之类的话题,然后突然朝着街尾狂奔而去。直到我看到救护车车顶,从另一辆小客车车顶上冒出来,停在我们家面前,我才知道发生什么事了。

我才告诉自己不要找贺柏,结果他就出现了,

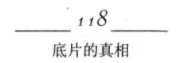

走在人行道上前来迎接我们。我转过头看我们的窗户,大多数窗帘是盖起来的,没有人在注意。

丝卓玛在贺柏的脚上跳上跳下,他把她抱起来旋转。她给他一片饼干,他说谢谢然后假装要把整包吃掉。他对着我微笑,我也报以微笑,直到脸颊开始发酸,但是我不想停下来。

"你在这里干吗?"我说。

"拜访我的姑婆。"贺柏说。我正要说"真的"时,却看见他脸上的表情。

"很好笑。"我说。光是看着他,我就有种不一样的感觉。

"你去哪儿了?"他用逗趣的方式问丝卓玛,仿佛没有她,使他非常痛苦。"我等了又等。"

丝卓玛咯咯笑了起来,笑了好久才终于说出"游泳。"他问她游得好不好,开始搔她的痒,让她笑得太厉害而讲不出话来。

"她是条鱼。"我告诉他,也搔丝卓玛的痒。

"你想做什么?"他说,"你想做些什么吗?"

我说:"丝卓玛随时都会很累、很饿,游完泳后总是这样。"我听起来像是个神经质的母亲,可是我只想说:"好,任何事。我什么都想做。走吧。"

他说:"那么,我们去帮她弄点午餐,如何?"

妈不知道吃了没。丝卓玛绕着圈子念着:"午餐!午餐!"我希望她能停下来,好让我想想。

贺柏说:"走吧,罗文。"他扁起嘴摆出楚楚可怜的小狗表情,让我笑了出来。我说我要先回去看看。所以他先回到车上,而我牵着丝卓玛过马路,然后进门。

妈在厨房里。只是站着,看起来似乎是忘了自己要做什么的模样。我们走进去的时候,她坐了下来。丝卓玛亲吻她的脸颊,她却皱起眉头。我说我们要去市场,问她是否需要什么东西。我从最上方的架子取下她的现金卡,然后帮她做了乳酪三明治,放在桌上。

"你不会有事吧?妈?"我说。她挥挥手要我离开。

我们从房子走出来,继续走,因为哈维克太太的关系,我请贺柏在街道前面的十字路口和我们碰头。

"那是怎么一回事?"我在帮丝卓玛上车时,他问。她从前座爬到后面的空间。

"邻居。他们不知道,就不会受到伤害。"我问他最近都在忙什么。

丝卓玛的声音从后面响起:"她想你!"我转过头对她怒视。贺柏大笑。

"不。我才没有。"我说,"只不过是你不在,然后又突然出现在我家门前而已。"

"难道你不喜欢我出现吗?"他说。

我试着解释,问题不在于我喜不喜欢他出现,只是单纯的问题,如此而已。我好奇他的时间是如何打发的。我说:"我以为你可能去了什么好地方。"

"我是去了。"

"你去哪里?"丝卓玛问,听起来有种被背叛的味道。

"我去了坎伯沙滩。"他说,"你去过没?"

"没有。"我们同时说。

"好吧,我遇到一个家伙跟我说的。离这里只有一两个小时路程而已。沙滩上有人沿着水边骑马,夕阳就在他们的身后落下。哇!实在很漂亮。那个地方除了他们之外就只有我。我在沙滩上睡了一夜,开车四处逛,然后去了一个叫火丘的地方。"

"我们真的想你。"丝卓玛说。

"也许我们什么时候可以一起去。"他在后视镜中对她眨了眨眼。

我说我不是在拷问他,根本不关我的事。

"可是,你想念我。承认吧。"

我们去了马厩市场。然后从车内拿了一条毯子把我们三个裹住。上面都是沙。丝卓玛坐在中间,用塑料叉子将蔬菜拉面铲入嘴中。我的眼睛不断地越过她的头,注视着贺柏。她一定是注意到了,因为她说:"如果你想甩掉我的话,可以带我去找碧的爸爸。我想要和卡尔一起做饭。"

我觉得自己被逮个正着。

"别装疯了,"我说,"这怎么可以?我怎么可以打电话给卡尔,把你扔在那里。"

"打给他,去啊。"丝卓玛说,"他说可以。他跟我说的。"

我问她为什么想去,我说她可以不用去。我以为她会说一些我一直在照顾她,需要休息一下之类成熟的话。我以为她会说些让我尴尬的话,例如"是你喜欢贺柏,又不是我。"结果她耸耸肩说:"我喜欢卡尔。还有碧。我想要见桑尼。"这其实够合理了。

当我握着手机时,我问贺柏他的电话号码。我以为自己的语气听起来不在意,一副"噢,我想顺便……"

他说:"我没有手机。"

"真的?"我说,"这个年头,这可是宣言。"

"痛恨手机。"贺柏说,"痛恨它让大家说一堆屎话。"

丝卓玛听到"屎"便开始咯咯地笑。贺柏扮个鬼脸,然后大声地击掌。

"手机才没有让大家说那些呢!"我有点防御性地解释,心想:"我有那样吗?"

"计划太多了。"他对我说,"冲动到哪儿去了?大家都得先打个十通电话,告诉每个人他们在干吗,然后改变计划。"

"所以你没有手机。"我笑了。因为他对手机有那么强烈的感觉。

"是的。"他报以微笑。

"那就是烧狼烟和突然冒出来咯。"我说,"但是,先让我帮丝卓玛和碧的爸爸讲些屁话吧。"

卡尔不在意我打电话过去。他说碧不知道去哪儿了,桑尼正在睡觉,他很乐意照顾丝卓玛。

我问他是否确定。我说我觉得这样要求不太好。

"你也得有自己的人生,是吧?"他说。

我们开着箱型车送丝卓玛过去。她从车上跃下,我看着她的两条小腿的后侧跑上楼梯直到楼顶。我记得杰克告诉过我,那个部位是没有正式名称的。我从来不会质疑他说得对不对。

11

和贺柏单独在一起,感觉不太一样。我看着他,然后他在看我的时候,我会知道,只是我们的视线永远没有恰好对上。有那么一会儿觉得很尴尬,好像我们不应该互看。我们把救护车留在碧家的那条街上,沿着运河、穿过市场愈走愈远。雨开始下了,又细又密,仿佛没有飘落,只是藏在空气里、云朵里。

贺柏问:"如果我现在可以随心所欲地去任何地方,我会在哪里?"我不知道该回答什么,只说我在的地方就让我非常、非常快乐了,谢谢。

他说,法国南部的露营地如何?"那不是很棒吗?"他说,"可以中途停下来,在海里游泳,感受太阳的热力,晚上可以燃起熊熊营火。"

他小时候去过一个像这样的地方,当时他爸爸在欧洲工作了一阵子。到处都是用法文写着"狼!你是谁?"的海报,晚上的时候,大家都把狗关在屋内,谈论着这头四处乱窜的狼。他说:"我看见了,在深夜里。我得去尿尿。当时是满月,有只巨大的黑影从我身边掠过。我听见它的呼吸声。早上我告诉家人,他们都不相信。他们说我在做梦。"

"可是你没有。"我说。

他耸耸肩。"我不知道。我不认为是在做梦。他们那样一说,我就无法确定了。"

我告诉他,十一岁时我去过法国露营区。树

上有太多鸟在大家的帐篷上拉屎,有个男人一天两次带着雁子叫声的录音带绕一圈。"那实在是个奇怪的想法。"我说,"他用大声公喇叭放送,希望把鸟吓走。"

贺柏问我有没有效。我摇摇头,想起那个穿着袜子和拖鞋,带着雁子嘈杂录音带的男人。"没有。"我说,"没什么效果。小鸟拉得更厉害。"

"那个假期,杰克教我许多法文脏话。"我说,"但是他告诉我,那些字的意思是'骆驼队'或是'饥饿'之类的意思。结果我们都被罚。"

"狗屎"贺柏用一种奇怪的美国腔说法文。(编按:"Merde"是法文的脏话,相当于英文的"Shit"。)

我清楚地记得那个假期。我们在人家山上的房子里住了几天,那是一栋坐落在陡峭石子路上的狭窄老房子。那房子他们家传了好几代了,最后一次装潢整修是在一九六零年代,全铺上塑料地板和塑料桌面。我记不得那个地名了。我只记得"半屏山发型的淑女"——那是九公尺高的针尖状岩石,上面还顶着巨石。天晓得那些石头是怎么弄上去的。你可以一路走到陡峭干燥的坡顶。因为我老是踩不住碎石路面,一直往下滑溜。我的膝盖磨坏了,杰克协助我往上爬。天气好热。尽管巨石已经在那上面好几千年了,妈还是一直担心随时会掉下来。她带着丝卓玛,手一直放在头上,仿佛可以阻止三吨重的石头砸在我们身上似的。

我说:"我前几天遇见你的朋友。"

贺柏看着我:"噢,是吗?"

我点点头。"芮雅。"

"芮雅?"他说,"店里那个女生?"

我说:"我不喜欢她。"

他微笑:"她还好啦。她大部分时间都在讲电话,好像上瘾一样。"

"只说所需。"我说,一边用手指在我的T恤上写着。他大笑了。"她很不客气。"我说。

"对你?为什么?"

"因为我是个小孩。她嘲弄我。"

贺柏叫我不要放在心上。他说:"你已经懂的比她还要多了。"

"但是我仍旧是个孩子。"

"嗯,我们都是。"他说,"我们都是,也都不是。"

我问他是什么意思。

他说:"我们来玩个游戏。每句用十个字来形容一个人。我先开始。"

"什么游戏?"

"注意听了。好吧。你,"他开始扳着手指头数着,"你很坚强和镇定。你不自大,虽然你很漂亮;你不笨,虽然你很年轻;你不自私,虽然你可以。有五个了。你很有趣且聪明。你关心别人。你在开口前会思考。你太棒了。那至少有十二个形容词了。任何时候,我都宁可在你身边,也不想在芮雅身边。"

我说:"你忘了我别扭、笨手笨脚、不快乐……"

"等等!"贺柏制止我,"每一轮结束之后,你得甜甜地微笑,然后说谢谢。这是游戏规则。等到变成真正的好朋友时,才可以说那些彼此受不了的地方。"

我行个屈膝礼,贺柏微笑地说:"换你了。"

这很难,我没有看他,慢慢开始说。我看着建筑物直接从水里长出来,心想着:"我能说多少?"

"一、神秘……二、冒险……三、大方……"

"都只有两个字。"贺柏说,"继续。"

"孤独……?"然后我畏缩了。连数八个手指头:"比我会玩这个游戏。"

"你作弊!"他说,"不过,谢啦!"然后他也行屈膝礼。

我们走了一会儿。我看着地上。"这游戏不错。"我说,"好像是快速约会那样,了解朋友对你的想法。"

他说他在纽约有个叫杰伊的朋友去参加快速约会。"他问每个女孩她们喜欢的宠物排第五名的是什么动物。大多数的人都会留下他的电话号码,这证明幽默感才是关键。"

"你很有趣。"我说。

"嗯,很好。"贺柏立刻回答,"所以有效咯。如果我吻你的话,你会尖叫吗?"

"不!"我说。我突然太紧张了。"我可能会哭。"

"噢，天哪！"他大笑，"那表示更糟糕吗？"可是，他并没有吻我。

我注视他一会儿，但是如果他看我的话，我就假装在看水面。"我并不神秘。"他说，"我很直截了当。"

"但你有太多事，是我不知道的。"

"那不是秘密，只是时间不够而已。"

"好吧。"

"而且我也不孤独。"

"恭喜你了。"

"我接受冒险和大方。这些是我喜欢的特质。"

"你的壮游接下来要到哪儿去？"

贺柏耸耸他的肩膀。"我想意大利应该不错。我一直想要去托斯卡尼。噢，还有威尼斯，但是我当然没办法开救护车去。"

"醒来就可以决定要去哪里,感觉一定很棒。"

"我很幸运。"

"告诉我你离家时候的情形。"

他抬起头看天空。"我妈站在纱门后面看。她不希望我走,但是她没表现出来。我搭我爸一个朋友的便车,很早,天还没亮就进城了。我们开得很慢,经过别人的家,看到他们起床。离开卡多那的路上,有很多被车撞死的动物,但是每一只看起来像是在睡觉,在路上蜷起身来做梦,就像魔法时间那样。没有半滴血。我知道我会记得这一点。"

"卡多那。"我说。

"是啊,就是我来的地方,大约距离纽约一个小时路程的小地方。那是根据印第安酋长命名的。很久很久以前,他为了几条毯子和几颗珠子把地卖给白人。"

"那里是什么模样?"我问。

"很绿。"他说,"又浓又绿,因为有洒水器,再加上树林以外的地方很热,所以印第安酋长就埋在树林里。他的老婆和儿子两个人同时被一道闪电击中。"

"那也是种死法。"

"我在树林中的私人宅邸中长大。我爸是园丁。我妈打扫房子,还帮忙照顾马匹。你应该去看看,罗文。那地方到处都是无价的艺术品,就隐藏在树林中,放在游泳池畔。"

"听起来很不可思议。"我说。

他说:"确实。那里很美,那里是天堂。但是那不真实,你懂吗?而且还不只是这样。那小镇漆成各种颜色,所有的东西都恰到好处。大家都知道别人家的事。钱多到不像话。那里的女人开着四轮转动的悍马接送小孩。你知道什么是悍马吗?"

我摇摇头。

"那是一辆他妈的坦克车,制造得很诱人而已。那是个不一样的世界,罗文。"贺柏回头看着我们来时的路,看着铺着鹅卵石的下坡桥面,还有水面上暗暗浮动的光。

"我希望杰克可以认识你。"我说。

"为什么这样说?"他问,我耸耸肩,然后想假装我没说过。

"我不知道。"我说,"我通常不会大声说出这种话。"

"好吧,我把它当成是一种赞美。我相信我们会是朋友。"

"我想念他。"我说。

贺柏看着我,我知道他要问我那个问题:杰克是怎么死的? 我自找的。但因为他是贺柏,我想要告诉他。或许,我本来就想告诉他。

杰克计划要离开一个月。妈和爸帮他整理出一条路线——在一两个地方打工,拜访很多年都没见过,而且也不记得的人,睡在他们家的地板上。那是件大事。那是全家的计划。

我记得他寄来的明信片。我怎么忘得了?那时他才离开差不多一个礼拜。那是他停留的湖畔的照片,风景色彩鲜艳。那座山谷像个碗,周围有高山和一圈细窄的橘色粗沙滩环绕。湖中央有座微微隆起的小岛,上面有座教堂。杰克说如果身体足够强壮的话,就可以绕着湖游一圈。那是座水上运动城市,他爱透了。他滑水、玩风浪板,一整天都躺在小舟上面,晒到皮肤发红。

他在电话上说,那是座二十世纪七零年代的人工湖,为了让大家有理由在夏天的时候去造访,不要只在冬天下雪的时候去,为此,整个村落被淹没了。湖中央的教堂以前是在山丘上,俯视着狭窄的街道、学校和商店还有房屋。大家都被迫离开之后,水倾泻而入。

那让我感觉很不舒服。那种淹没一座城镇的想法,就好像在旧坟场上盖房子一样,就像一栋死过人的房屋。我想象仍旧在下面的人,漂浮着穿越街道,苍白、浮肿而黑白交错,血管里流着光线而不是血液。我想象着,他们抬头向上看,在他们的天空里,看到船的龙骨还有滑水板的痕迹。

当然,杰克根本不会想到这些。湖在那里,事情就是这样而已。我什么也没说。反正,他就要离开那座湖了,朝着瑞士前进,他觉得瑞士看起来就会像饼干盒上的风景画。然后去拜访妈的老同学。

然后,湖也淹没了他。

他想要绕着小岛再游一圈的时候,天已经快黑了。等到救援抵达的时候,没有人知道他到底是在哪里溺水的。他在水底村庄里待了一整夜。我无法不去想他在黑暗中沉在水里,月光洒在他身上的画面——苍白、黑白交错而浮肿,他的血管里流着光线而不是血液。

我在述说的过程中,贺柏和我各自看着前方。我们看着河边小径上游荡的酒客、独木舟里的孩子,还有水面上发亮的油污。我说完了。我听着桥下滴滴答答的水声。我听见飞机掠过的鸽子扑翅声。我想到刚才大声说出来的话。想到我发出的声响。

贺柏什么都没说。他握住我的手亲吻了一下,然后就放开了。那正是我希望的。

我没告诉他后来发生的事。我没告诉他,当时我和朋友住在一起,手机响了,我故作姿态地翻翻白眼,因为那不过是我妈叮嘱我得关机而已。我的话让大家都发笑了,把手机扔入长长的草丛中,抱怨家里来电。我怎么知道他们要我回家,告诉我杰克的事?那时我们躺在阳光下,我和洁思、蒂蒂、珊……还有班上的女孩,在杰克死后,在我认识碧和贺柏之后,再也不怎么见过的他们。那时我们看着经过的男孩,交换着自以为是的评论,谈着音乐、周五夜晚还有大家穿的衣服之类的空洞、轻松的话题。

我没告诉他,我以为回家只会听一顿电话礼节的训话。妈和爸一起坐在沙发上,仿佛被锁在冷冻库中过了一夜——蜷缩着、颤抖着、嘴唇发白、无法动弹。丝卓玛在邻居哈维克太太家,可能在忍受一顿苏格兰酥炸蛋和肉冻。可是那时我并不知道,我没有想到她。

我走进去说:"怎么啦?"然后因为我看得出来不是没事,所以有点不想知道。

爸拍拍他旁边的位置,挪开让我坐在中间。

我觉得被困住、很拥挤,好像仙境中的爱丽丝。我想要闭上双眼,用手捂住耳朵。

我也没向他提到警察来过家里,如果心爱的人在海外过世的话,事情是怎么处理的。在某处的英国领事馆打给警长,然后他们得在任何人——例如当地报纸——知道之前赶紧上门。我不想要那种差事——敲别人家的门,然后看着他们的世界整个崩溃。付我再多的钱,我也不干。

妈和爸得去和马赛和海外办公厅的人会面,进行丧礼的安排,然后让杰克的遗体飞回家。我站在门口挥手说再见,而丝卓玛像个不明事理的蠢兔子一样,在步道上跳来跳去。妈说抱歉,好像杰克的死是她的过失,而她还得去领取他,还得想办法搞清楚要如何用法文说"失去亲人"、"火化"和"旅途安排"这些东西。爸试图请哈维克太太在他们离家时照顾我们,但是没有人愿意——我不愿意,妈不愿意,哈维克太太也不愿意。于是,丝卓玛和我就独自留下来了。

要把躺在棺材里的人带回家,必须先申请许可,那会花上你所有的积蓄,外加一大笔银行贷款。你心爱的死者必须经过防腐处理,然后放在铅制内里的棺材中,这样子才不会在飞机上掉出来。妈和爸没有告诉我这些,我趁他们不在的时候,在网络上查出来的。

12

丝卓玛是那种从来不需要提醒她说谢谢的孩子。当别人对她说哈罗,也不需要因为她不太想回应而必须用手肘顶她。如果你注意到她的存在,对丝卓玛而言就是加分。不过她什么都不期待,所以她得到的任何东西,对她而言都是多拿的。

某个星期五下课后,我和碧带她还有桑尼去图书馆。卡尔陷在文书作业的水深火热之中,外面又下着雨,不适合去公园。丝卓玛拿到她的第一张借书证时,一脸拿到通往魔法大门的钥匙一样显得不可思议。她很惊讶不需要付钱,简直不敢相信她可以免费看那么多书。

桑尼用书本盖塔楼,然后再推倒。我努力地盖一栋比他还高的塔楼,但是他不断地推倒,然后说:"再一次。"

"还有什么是免费的?"丝卓玛问。

当我说"学校"时,她手上的书全部掉落在一张红色的小桌上,颓坐在一张白色的木椅上,仿佛腿撑不住了。椅子的侧面是天鹅的形状。她的嘴形吃惊地张开,然后说:"骗人!"

"是真的。"碧大笑说,"政府和议会会付钱给学校。"

"帮每个人?"丝卓玛说。她看起来好像电视上那些刚刚听见他们家的茶壶比房子还要值钱的人。

"对,每一个人。"我们说。

你看得出来这个令人愉悦的惊喜,让一股温暖的光彩窜满她的全身。她说:"他们这样子不是很好心吗?真是好人。"她斜靠在天鹅椅上,好像世界一切突然变得很美好一样地微笑着。我想,她突然觉得被照顾到了。

我们回到碧家,然后那是一切开始崩解的星期五。

卡尔仍旧在他的房间里喘不过气来,碧说她要帮我们做奶昔和三明治,丝卓玛想要帮忙。因为空间有限,桑尼和我变得碍手碍脚,于是我们把她们留在厨房把香蕉塞入果汁机内,在面包上涂奶油。

桑尼喜欢爬楼梯。他屁股翘在半空中,手脚并用小心翼翼地爬着。我跟着他上楼进入碧的房间。他想要打开、关上碧的柜子,把她的衣服堆在床上。他高兴得不得了。

我坐在床上,拿起一本碧正在读的书,封面色彩单调,书签的颜色从中间突出来。

一张明信片。鲜丽的色彩。

我并没有要探人隐私。我只是想知道是从哪里寄来的。我以为自己看错了。

我听见丝卓玛哀嚎,还有碧慢了一拍的声音,然后她在我完全打开书之前就冲进房间。她的脸色像鬼一样的苍白,说我必须"立刻、马上"过来,丝卓玛割到手了。

她惊慌失措,我也是。但是却不是因为我妹妹的关系。

尽管书只是半开着,我仍旧看见杰克所在的那座湖,中央有座小岛,四周山丘起伏,还有一圈细窄的橘色粗沙滩环抱。

我没时间去想这些。卡尔从房间出来,和我

同时冲下楼梯。香蕉奶昔被丝卓玛的血染成粉红色。刀刃被卡住了,她企图用手指去弄松。桑尼开始大哭,因为丝卓玛在哭。整个房子被他们两个吵死了。

碧说:"我只是转身一下下,真的很抱歉。"

卡尔把丝卓玛的手举得高高的,用泛红的茶巾包裹住,等着血流停止。丝卓玛的眼睛睁得大大的,一边泛着泪光,一边尖叫着,不肯看茶巾包住的地方。

"我真的很抱歉,"碧又说了一遍,"我不敢相信我竟然让这种事情发生。"她轻拍安抚着桑尼,试图让他安静下来。

卡尔松开了丝卓玛手指头上的茶巾,她叫得更大声了。"嗯,"他说,声音平静而轻松,使得她必须停止尖叫才听得见,"我想我可以用我的魔法工具修理好哦。"

碧把桑尼带上楼,让他安静下来。丝卓玛靠在我身上,手举得高高地搁在我肩膀上,好减缓血流。她完全沉浸在卡尔所有的注意力中。他给她一些黏黏的、可以合起伤口的东西,还有让她的手看起来像"碰撞先生"(编按:为英国作家Roger Hargreaves创作《奇先生妙小姐》系列插图画中可爱的大头之一。此书后来改编成卡通动画——《大头先生》。)一样的绷带。他至少说了三十遍她很勇敢,不断轻拍她的头。他真是天才。最后丝卓玛的音量减弱下来。她当然没事。

爸大约在五点时打电话来。"你们在哪儿?"他说,"我说过我可能会过来,结果没人在家。"

"抱歉,爸。我忘了。"我说。

"好极了。你们在哪里?"

"在碧家里。"

"碧?那是谁?"

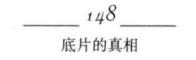

"她是学校的朋友。我们在她家。我们马上就回家了。"

"不必。"他说,"别麻烦了。如果你们玩得很高兴的话。"电话线上有短暂的沉默,然后他叹口气说:"一如往常,我不知道你妈在哪里。"

"妈?她去做瑜伽了。"我说。碧和卡尔和丝卓玛都看向我。"我们五分钟就能到家,爸。没什么大不了的。"

我想要再看明信片一眼。我想问碧一些问题。我觉得有一团东西卡在胸口。

"我想算了。"爸说,"现在不用了,有点晚了。反正我得回去了。"

"好吧,"我说,"那么星期六好了。"

"你也会来吗?"

"我不知道。"我说,"或许吧。"

然后,我们就无话可说了。

爸搬出去之前,和我也没什么话可以聊。

有一次我们聊到我的历史作业。我的老师说,在纳粹德国(或是柬埔寨、卢安达还是波士尼亚),如果处境安全的人为其他人挺身而出,而不是高兴自己身家安全、对受难的人袖手旁观,就是一种罪行。这个想法在我脑中徘徊不去,希望能够讨论。但是爸只是大笑说,冷漠被低估了,而我根本不知道什么都不做有多困难。他说等到我长大后,就会学得更愤世嫉俗。他说,上百万人为了反对伊拉克战争而走上街头,可是还不是照样发生了,只因为有十个人早就决定了这件事。

我说:"那谁决定杰克会死?谁决定我们永远走不出来?"

他什么都没说,只是走出房间,这就是爸对所有事情的答案。

那是我们两个人的错。我应该寻求他的帮

助,而他应该不需要我告知,就知道我需要协助。他应该张开双眼看清楚,而不是假装每周一两次的午后活动,就算满足亲职责任了。

我们回家后,丝卓玛在客厅里看《超时空博士》,并且想让妈注意到她的手。我上楼翻遍所有的抽屉,寻找杰克的明信片。我把抽屉整个拉出来,把所有的东西倒在床上,在翻箱倒柜时有一半都散落在地上了。我知道就在里面,而且不用等找到,就知道我没看错,它和碧的那一张一模一样。我翻过来看,杰克的笔迹——浓黑而不流畅,就像在纸上爬行——让我的心顿了一下。

"妹,这个地方糟透了,很干燥,而且热死了。唯一清凉的地方在湖里面。一整天都坐在脚踏船里面吃法国面包。而这还算是工作呢!"

我希望这是巧合。

我想象着把碧的明信片翻过来,看见别人的

短信,某个去过那里、想到家的人。然后事情结束,秘密止步。那就是我的希望。

杰克的照片斜靠在我枕边的墙上,就在踢脚板吧边上,就算弯身到床底下也不会看到。我把照片拿出来,瞪着他看。我希望他能告诉我这到底是怎么一回事。我想象他就在房间里呼吸、思考、说话,并且帮我解决疑惑,而不是在黑白影像中,在某处完美无缺地、充满神秘地看着我。

事情刚发生时,我假装杰克还没回家。他还在滑雪、潜水,还有在马丘比丘登山。他在苏丹的救援组织服务。他过着疯狂、危险、刀尖上的生活,因为他无所畏惧。

我几乎都说服我自己了。我坐在床上,希望他的照片对我说句话,我希望能从头再假装一次。

等到丝卓玛上楼开始推我的门时,我才强迫自己从床上起来帮她开门。我在自己脸上顶上一抹微笑,听她叽里呱啦不断地说着绷带、拍手游戏,还有上星期某个在排队的时候推她的小鬼,还有他们现在可要后悔了。

妈仍旧待在关起门的客厅里。我让丝卓玛独自在房间一会儿,好去帮她放洗澡水。她一再强调维持绷带干燥的重要性,所以我得用毛巾把她的手撑起来。对她而言,肥皂太大了,她没有办法用一只手握住。

我读了一篇故事给她听,留下来陪她听了一两首催眠曲。然后回到房间坐着,思念杰克,想着碧,觉得好像有人刚把所有的灯都熄了。

13

爸和贺柏意外中见面了。

爸来接丝卓玛,就是那种家庭活动的日子。我得一直盯着妈换衣服,所有的事都很紧张,因为我必须让一切看起来很正常。丝卓玛坐在沙发的扶手上,咀嚼着吐司,两眼空洞地看着客厅窗户外面。她开始对着我扮鬼脸,拉扯她裹着绷带的手。

"你在干什么?"爸对丝卓玛说。

于是我往外看,看到贺柏正从他停在对面的箱型车中下来。

我倏地站起来,说:"我出去一下下。"

爸问:"现在?"那语气好像我破坏了无价的家庭时光。

我说了冰箱几乎是空的之类的话(这是真的),然后我差不多在贺柏走到门口前三秒抵达门口。再过一秒,他就会伸手敲门了。他微笑着,我的胃开始紧缩、翻腾,然后我也报以微笑。我把食指放在唇上,暗示他不要说话。我可以听见丝卓玛在外套里掏东西的声音,然后她出现在玄关里,大叫着:"还有我!还有我!"

爸跟着我从房间里出来。他说:"罗文,你不用……"然后突然停下脚步,瞪着贺柏问:"这是谁?"他的语气听起来很害怕,或者生气?我分辨不出来。

我看了贺柏一会儿,然后有那么一瞬间,看见爸所看到的——这个又高又瘦、不修边幅、剃着光头、似笑非笑的家伙。我看见麻烦了。

"麻烦"伸出手,展现出他最佳的微笑说:"哈罗,克拉克先生,我是贺柏·格林。"

爸不太确定要怎么做,不安地移动着,清清喉咙。他们握手时,爸不带微笑。丝卓玛和我对看了一眼。

"你要带我们去桑斯伯里吗?"丝卓玛问,像抚摸着小老鼠一样地摆弄着绷带,以确定贺柏有看到。

他不着痕迹地犹豫了一下:"没错。"

爸说:"你就是开货车的那一个?"

"救护车。"贺柏说,脸上仍旧挂着笑容。

爸看看我,又回头看看贺柏。他告诉丝卓玛她不能去,她转过身背对着爸,扮了个鬼脸,可是她无计可施。他说:"反正,我们要出门,丝卓玛。还记得那就是我来的原因吗?"

然后,他走进房间问妈:"那,她这个朋友没问题吧?你见过了吗?"

我默数到十,想象得出妈一副不认识他的样子看着爸,更别提了解他在说什么了。天啊,我心想,"什么事都可能发生。"

"我只不过在帮妈的忙,"我从玄关喊着,"她累死了,她得做所有的事。"

妈从房间里出来,梳了头、穿着干净的衣物等等,看起来很正常。爸跟在她身后出来。"你是个好女孩,罗文。"她说,然后转向爸:"没问题。"

"马上回来。"他说,"回来后就打给我。"

我简直要亲吻妈了。只不过那样会泄露了秘密,因为她可能无法好好地接受我的吻。

贺柏和我朝着箱型车的方向走。我们开车经过手牵手、前往游乐园的丝卓玛和爸的身边。贺柏把窗户摇下来,问丝卓玛她是不是跟鲨鱼打架了。

"没有,"她说,"是果汁机。"

他从后视镜中看着他们消失,然后大笑。

"你相信吗?"我说,"我妈好几个月都没有对我说过什么好话了。其实,她根本没说过几句话。"

"是啊,难得看到一点微光。"

我说他真的不用带我去购物,他要我不用再说了,而且这能够花多少时间?等我们在地下停车场停下来时,我把那张明信片递给他。

"这是什么?"他说,将明信片翻过来瞄了一眼杰克的字,看到他的名字。他看看我,然后又看看照片。

"碧也有一张。"我静静地说,"我看到了,一模一样。"

"也是杰克寄的?"贺柏说。我说我不知道,我

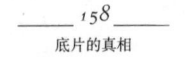

没看到背面,但是几率有多大?

"你跟她提过了吗?"贺柏在椅座上转过来对着我,我摇摇头。"你得问。"

"你可能不认识他,太诡异了,否则她早该说些什么了,应该告诉我的。"

"这是你想的。"他说。读着明信片,然后把它放入我的背包中。

桑斯伯里色调太橘太亮,而且太吵又太挤。我觉得我们好像假装成大人,觉得很不自在。贺柏不断地把东西——姜饼人,还有芭比娃娃意大利面条(有手提包、高跟鞋、心还有口红的形状)——放入推车中,都是给丝卓玛的。我对他很凶,我说我不知道他的钱是从哪来的,我可没有钱买垃圾食物。我说我们只有爸每个月存入账户的钱,我得省着点用。

"我只是开玩笑而已。"他说,双手高举好像我在威胁要开枪射他的模样。他拿着一些廉价卫生纸回来作为补偿,然后说:"顺便提一下,我存的。都是我的钱。"

"什么?"我说。

"我的钱。我一连三个暑假搬运石头、焚烧落叶还有除草赚来的。从我十五岁开始。我没有休息,也没花半毛,全部都是我赚来的。"

"我很抱歉。"我说,"我心情不好。"

贺柏说:"没关系。"他付钱买了丝卓玛的姜饼人。"我检查过了。"他笑得像梦游仙境里的咧嘴猫,像儿童节目的主持人,"他们没有置入性行销。"

那天我收到碧传来的三通简讯,一通"你在哪里"还有一通"你没事吧"和"打给我"。我很早就想上床睡觉,结果看到简讯。

我回电话时,她和桑尼还有卡尔正在回家的

路上,在滑铁卢站。我没问他们在哪里,我听得到广播还有她周围无数人移动的声音。我很气她,但是又不想对她发脾气,这让我更生气。

"你还好吧?"她问。

"很好。"我说,"你咧?"

"丝卓玛没事吧?"

我说:"没事。"就这样而已。

"今天过得如何?"

"我们得谈一谈。"我说。

她听不见我说话。我感觉得出来她正在走路,在人群中跟着人潮穿梭前进。我得再说一遍。

"谈?"她说,"好,什么时候?"她没问要谈什么,我注意到了。

"明天。"我告诉她,"尽快。"

"没事吧?"碧问。

"不知道。"我的语气听起来一定很不在乎。

我们约好在店里见面——芮雅工作的店,那是一切开始的地方,第一次遇见贺柏的地方。那天晚上我睡不着,就只希望一切是巧合,根本没事发生。

第二天早上,我们迟到了,因为丝卓玛忘了带她想要给碧的一张画,只好再回去拿。我说其实没那么重要,但是听起来像是犯了滔天大罪,所以迟到很久。我不想带她一起去,我想不出来带着丝卓玛能谈得出什么,但是我别无选择。我们冲上小山丘,丝卓玛用两倍的速度配合我的脚步。

我先听到救护车引擎沉闷低吼的声音,等救护车跟在我们身边时才看到,贺柏喊着:"赶时间?"

我们停下脚步、喘着气。我问他是不是在跟踪我们。

他说:"天啊,没有,我要去波多贝罗。那边那个家伙在跟踪你。"他随便指着一个戴草帽的老先生,逗得丝卓玛笑个不停。他对我说:"你问了吗?"

我说:"还没,那就是我现在要赴的约会,快迟到了。你能载我们到摄政公园路吗?"

我们慢慢地沿着街道、朝着商店开车。我看到碧在店门外等我。她背对着街道,坐在店门外的餐桌旁,啜饮着某种热饮的手杯。她呼吸的时候,蒸汽像小团云雾般地升起。

"她在那里。"丝卓玛说,然后探出车窗外大喊:"碧!"

碧转过身,微笑着挥挥手。我听不见她说了什么,她朝店里指了一下,然后拿起杯子和包包走入黄色的大门。

贺柏停下来让我们下车。他的脸色突然刷的一阵白,有点震惊,"就是她吗?"他一边问,一边熄掉引擎。他仍盯着碧看,仿佛她在他的视网膜上留下了影像。我觉得有种刺痛感,想到他可能注意到她有多美丽,与他的年龄多么相近,还有他现在可能也在想这些。

我推开车门:"没错,那就是碧。"

"原来是她。"他说。

我没听懂。"我刚跟你说了。"

"不是,罗文,听着。"他说,他的手握住我的手臂,阻止我下车,同时还将门拉上,看起来非常严肃,就像试图要向小孩解释某件很重要的事一样。他转身对丝卓玛说:"来,你先跳出去,直接站在人行道上,好不好? 从我身上爬过去。"

我看着他:"你要干什么?"

"那个包包,"当丝卓玛安全下车,试着推开沉重店门去找碧时,他说:"她背的那个包包,上面有个女孩子的脸的红色包包。那不是你的吧? 你有没有一个一模一样的包？"

我摇摇头："没有。"

"你从来没借过？"

"没有。"

"好吧。"他说，然后他用手掌拍了额头，似乎想起什么似的："当时我正在过马路，看到你掉了东西，于是走进去，把它捡起来。"

"是。"我说。

"嗯，说不定我看到的不是你。"贺柏说。

"什么？"我声音小得犹如耳语。"你在说什么？"我的心跳像刚跑完步一样。晨间的光芒全部流泻，渗入地面。

"我忘了那个包包。"贺柏说，"我看到的那个人有一个那样的包包，而我误以为是你。"

"你确定？"

他伸出手，将我的一缕发丝塞入耳后，然后摸摸我的脸颊,"我想那是碧。"

"噢,天啊。"我说,"她告诉我她也在场。我没看见她。我根本没有想到。"

是碧掉了杰克的照片。

贺柏把底片还错人了。

14

碧和丝卓玛走出店门,她脸上的微笑因为我的表情而褪去。贺柏从车上下去,捉住丝卓玛的腋下抱起来,让她在半空中摆荡。

"嗨,碧。"他说,"我是贺柏。"他没停下来等她说嗨。他把车钥匙递给我,说:"我会来接你。"然后他们就走了,远离麻烦,朝公园走去。

在开始之前有那么一刻——空白的一刻,当我体悟到即将问她、即将改变一切的那一刻。我花了点时间慢慢关上车门、上锁,然后把钥匙放在

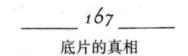

口袋里。

"是你吗?"我说。

碧说:"什么?"但是我从她脸上的表情看得出来她在拖延。

"是你掉的底片吗?"

她没说话。

"如果是你的,在店里的时候为什么不说?"她用悲伤的眼睛盯着我看。她的嘴紧闭着。"你可以说:'那是我的。'"我说,"我就会还给你了。我不需要知道那是什么。"

"难道你不想要吗?"她用微弱而干脆的声音说,"难道你不想知道吗?"

我看着她,希望忘记我喜欢她,甚至忘记我认识她。"你拿着一张我哥的照片干吗?"她什么都没有说。"现在,你可以他妈的跟我讲清楚吗?"我说。

这时一个化着大浓妆的女人牵着一条小狗经

过,对我怒目瞪视。我心想,你最好别对我的措辞有任何意见,否则我会赏你一记拳头。

我慢慢地、长长地吁了一口气。我问碧那是不是她的底片,是不是她拍的照片。

她说是。她说是她拍的。

然后陷入某种恐怖的沉默,我等着她打破,但是却等不下去。

"碧,现在不说,以后也别再跟我说话。"

"我躲在店的后方,打算乘机混进你们的谈话。我一直看着你,我没在学校外面看过你,所以只是注意着你。"

我问她是否认识杰克。

"我认识他。"她说,闭上眼睛。

"怎么认识的?"

"就这样认识了。"

"然后你们一起玩?你们是朋友吗?"她只点

点头。

"你认识杰克。你知道她是我哥吗?"

"我转学的时候就知道了。有人跟我说过。"

"但是你没提起。"

"嗯。"

"然后你遇上我,却仍然不提。"

"嗯。"

"怎么,你不知道要说什么吗?"

"差不多是那样。"

"于是你就在我面前把他的照片洗出来,却一个字都不说,那太奇怪了,碧。那样不对吧?"

"我很抱歉。我怕。"

"怕?"那个对我的恐惧上了一课的碧?那个说不能因为害怕就用逃避过日子的碧?那个说她想要飞着死去的碧?我大笑了,"怕什么?肯定不是怕我。"

"就是害怕。"她说。

"噢,那可不行。那是很糟的理由!我仍然无法相信你为什么要那样对待我?"我现在的态度就像一个被惯坏的孩子,我不喜欢自己现在这个样子。但是当我在哭的时候,我看到她只是整理着周遭的东西,然后坐在床边,像石头一样不发一语。

"我全部错了。"她说,"我不知道该怎么办。我想要当你的朋友。我希望你能发现底片。我不希望他最后沦落到垃圾桶里面。"

我想到那张被扔在杰克房间垃圾桶里的底片。我把它拿出来的唯一原因,是希望碧会喜欢我。

我有一股冲动想离开现场。我站起来问她想不想喝点什么,她说不用,但我还是进去了,只不过是不想待在原地而已。我看着架子上还有冰柜里的东西,却什么都不想喝。我透过窗户看着她,她的头埋在双手中,头发抓得一团乱。我两手空空地回到外面坐下。

我问她明信片的事。

她看着我,看了有一点久,于是我说:"夹在你的书里面,我并没有翻你的东西。是他寄来的吗?"

她在包包中摸索着,然后翻出那本书。她把卡片递给我,图片朝上,我得翻过来才能看到。

杰克的笔迹在另一面。我看着她一会儿才开始读。

"美丽不可方物的女孩:再三个礼拜我就可以回家了。这什么鬼地方!假湖加上假沙滩。不过你会喜欢古城就是了。真希望你在这里。来吧,在岩石上烫烫脚,和我一起躺在太阳下。天哪,我真想你。你让我觉得实在是该死的太浪漫了!再三个礼拜,碧。爱你哟!啾……"

"噢,我的天——你和杰克?"我惊讶地问,她点点头,脸上的妆花了,两颊上各有一条黑线,用手指尖抹了抹脸。

我把额头枕在潮湿的木头桌面上,透过桌面的细缝瞪着底下的地面,试图理清思绪。碧和杰克。杰克和碧。

我出生的时候,杰克恨不得我是个男生。这个故事我们听过不下几百次,他跑去找婴儿房的护士,要求她把我拿回去。我痛恨这个故事,因为我被排挤。

杰克和爸看足球时也是一样,眼里透露出"你不过是个女生"的不屑。还有发现他和老虎·查尔斯想在马斯登街上那栋废弃物生营火时,他们也不让我掺一脚。

但与杰克和碧的事比起来,那些事显得逊多

了。他们两个让我站在被排挤的悬崖边缘上。我哥恋爱了,而我居然不知道。我从来没注意到,他也从来没有提过。

然后,他走了,碧居然只字不提,反而让我一步步地经历所有的事,看着我坐立不安。

到底是为什么?

"我没办法。"我说,"我不要这样。"

"罗文,请听我说。"碧说。

我回头看她,怎么可能同时对同一个人又爱又恨?

"你问起他的事,"我说,"让我对你说出来。你是不是早就知道了?这是某种竞争意识吗?"

相形之下,她的声音听起来好平静:"我们在洗那张照片时,我在想我们可能会谈到他。我想告诉你,但是我怕了。你整个封闭起来。你迫不及待地想走。"

"是啊,我见到鬼了!"

"我不认为你会相信我。"她说。

"为什么不?"

"我不知道。我没见过你,没见过你的家人。我是你们最不需要的一个突然闯入的陌生人,而这个陌生人却跟你们有着相同的感受。很怪,不是吗?"

"他为什么没有带你回家介绍给我们认识?"

"我们秘密交往。这是我们之间的事。"

"他的朋友知道吗?"

"没有人知道。"

"你有告诉卡尔吗?"

"有,我有告诉卡尔。杰克经常来我家,卡尔也认识他。"说着,泪水又充盈了她的眼睛,她的眼神不安地左顾右盼,一副准备临时逃走的样子。

"卡尔?"我费力地吐了一口气,想要弄清楚。

我说:"卡尔怎么会让你在我面前洗那张照片?为什么他也不肯对我说?"

"他不愿意干涉。那天你走了以后,他说我做错了,但是他不会阻挡,那不是他的作风。"

我看着她,等着她说点别的。

"不是只有你而已。"

"再说一遍?"

"不是只有你而已。"

"什么意思?"

"你不是唯一失去杰克的人。你不是唯一被他留下来的人。"

"你认为我不知道这一点?"

碧叹了口气,耸了耸肩。她的眼中装了一整个世界的悲伤。"我也爱他,罗文。我也想他。"

我面对着太阳,视线看向公园,从这里可以看见贺柏和丝卓玛在公园一角奔驰追跑,双手伸展着像鸟一样地盘旋,互相笑闹闪避,转着圈圈。哭泣过后的碧闪烁着一种奇异的光辉,似乎让她毫无生气、精疲力竭。我不知道自己是什么感觉,如果有人问我,我是不会懂他们在问什么的。

我再度站了起来,她看着我,似乎在用表情告诉我:"想走就走吧。"但是我没有走,我绕到桌子另一侧,拥抱她,因为我不知道该说什么。她也回抱我,我们就这样子过了好一会儿。

坐在我们对面的一个男人啜饮着咖啡,假装我们是隐形人。

有只鸽子一直朝我的脚靠过来。

我想到我曾经差点告诉碧,杰克一定会喜欢她;也想象着他和卡尔在厨房里,飞也似的上下楼梯,或站在种着天竺葵和雏菊的前门。

"你们在一起很久了吗?"我说。

"差不多六个月。"碧微笑着抹干眼泪,"六个月三个礼拜又四天。"

我吐了一口气,鼓起脸颊。

"他想要告诉你。"她说,"你是他最想要分享的人。"

"跟我说说他的事,"我说,"告诉我,你们怎么认识的。"

碧第一次看到我哥的时候,他刚好要走入石灰广场站,而她刚好走出来。风呼呼地钻进车站入口,他的衬衫被风吹得贴在前胸、灌到后面膨起来。他看起来好像要起飞的样子,她笑了,他也一样。他们仿佛认识彼此一般地互道哈罗,虽然他们并不认识。

她回家后想到他,脑中记录了他的影像,穿着灌满风的衬衫走着。

第二次见到他,是在高德斯丘乐园。那里有栋荒废的老房子,尽管她很清楚,全伦敦的人都知道那栋老房子的存在,但如果有别人也在那里,总是会让她感到很惊讶。她朝着老房子走去,有点恼怒竟有人坐在断裂石柱之间隆起的地板上,那可是她的位置。一看是他,她便走过去坐下,仿佛他们约好在那里见面似的,好像他在等她一样再单纯不过了。

第三次见到他,她告诉他她爱他,因为她看不出假装不爱的理由,尤其是当自己已经很清楚的时候。

"你哥拥有全天下最美丽的皮肤。"她说,"我无法不盯着他的皮肤看。他是我遇过最有趣、最贴心、最付出、最追求快乐、最聪明的人。"

我们沉默了一阵子。我的眼睛流淌出泪水。我没有啜泣,没有戏剧化的情绪那些玩意儿。不过是水而已。我看着桌面的纹路,无意识地用拇指去抠。因为多年的雨水浸润,桌子有点湿软。

我说:"你晓得,那是我看过他拍得最好的一张照片。"

那是她清晨五点在汉普斯墩石楠园拍的。他们才刚看到一个骑着白马的男子,两人正在想他们到底是做梦还是真的见到。"杰克笑得好夸张,"她说,"在笑他自己说的话,在笑他自己很好笑。"她想起来不禁摇头。她摇摇头,收起笑容,然后记起自己的难过。

"我那样子把照片洗出来实在很过分,"她说,"太狠心了。我永远不会原谅自己的。"

"忘了吧。"

"我只是想把它要回来,想要你知道这件事。结果事情就这样发生了。我很抱歉。"

"你没有错。"我说,"那张底片最后的下场很可能会沦为垃圾,因为我不觉得那是什么重要东

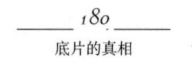

西。我拿给你洗出来,是因为我希望你会喜欢我。"

"我也是一样。"她说:"信不信由你。"

贺柏和丝卓玛回来时,碧站起身来准备离开。我问她要做什么。我说:"其实,我一直希望你们两个能认识。"

"我得给你一点空间。"她说。

"不需要这样。"

"我知道。反正我也需要一点空间。我们得再谈一谈。你晚点打给我,好吗?"

我们尴尬地抱了抱,我告诉她,这些日子以来我一直在想她和杰克会很契合。然后,她背着让她泄密的包包走了,也一起带走她悲伤的脸庞、和我相同颜色的头发。

那时,贺柏就站在我后面。他说:"谈得怎么样?"

我不置可否地挥挥手——丝卓玛这个举动"有问题"。然后,在我能思考之前,或者说在通过关卡之前,我走入他的怀中,把额头放在他的肩膀上,用手环抱着他的腰。他的手托住我的后脑。他的运动衫是温热的。他的味道是温热的。

丝卓玛叫起来:"喔……"但是贺柏没有放手,所以我也没办法转身制止她。

我说:"她认识他。她爱他。"

他说:"你还好吧?"

":不知道。但她不好。她爱他。"

"老大。"他的脸颊贴在我的头发上。我们看着自己在店铺橱窗上的倒影。

"我对她不公平。"我说,"我让她很不好受。"

"不过,你们没吵架,对吧?"

"没有,我们没吵架。我只是让她觉得比原来更糟而已。"

"我想或许彼此有这种感觉。我觉得这件事还没有结束。"

我打给碧时,我们还在店铺外面,丝卓玛吃着脆片加浓汤的组合午餐。她没有接。

我留了言:"碧,是我。我非常抱歉。本来没意识到,但是现在明白了。我爱你。"

丝卓玛非常沉默,仿佛她知道发生了很重要的事,虽然她不知道是什么事。贺柏担心地不时看着我。我只想要独处。店里面有个巨大、老旧的火车站挂钟,我不断地看时间,不到一分钟就看一次,虽然我知道几点了。

下午爸本来要带丝卓玛去小丑城。那是一个让人直冒汗的室内游乐场,进去的人得脱鞋,然后用彩色乒乓球丢来丢去,整个地方弥漫着洋葱和脚丫子的味道。丝卓玛不想去。她希望我打电话给爸爸,让她脱身,但是我不肯。

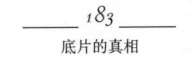

我很严肃地对待她,于是她生气了。贺柏做了一个手势,要我别把脾气发在孩子身上。我很想高声尖叫,真的想。

我想要说:"什么孩子?我其实也还是个孩子,记得吧?"

大家坐在那里不吭一声,然后我站起来说我们得走了。贺柏说要载我们回去,我冷冷地拒绝了,但是最后还是基于习惯,说了声谢谢。我脑袋里所剩的那么一丁点冷静,发出细微的声音提醒我"别搞砸了"和"他有做错什么吗"之类的,但是我其实没听进去。

我哥和碧,多么令人悲伤,就是我现在脑袋里翻来覆去在想的。

我有好一阵子没有像现在这样想念杰克了,好像被挖空了,只留下一个大洞在我身上。

可怜的碧,也想念着他。

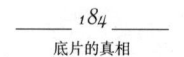

15

在回家的路上,丝卓玛开始问杰克的事。这是最诡异的事情了。

刚开始,她经常会问,带着一种冷血的好奇心,似乎不在乎他死了,但她只是想弄清楚所有的事实。妈和爸在法国处理后事时,每天晚上用铅块般沉重的声音打电话回来,努力地不要讲太多,但是往往在挂上电话之前哭着全说出来。他们不在时,我努力当个大人,丝卓玛则是满腹疑问。

他怎么死的?他去哪里了?他会继续长大

吗?我们会再见到他吗?他看得到我们吗?他会被烧掉吗?还是会被埋起来?埋在哪里?

我差点没疯掉。

那时候,我无法入睡。我不确定只有我们两个人在家的时候,我到底睡了多少。我从来没有留下来照顾任何事情过。老天,那时候我甚至还会怕黑。我表现得一副没事的样子,还和爸妈好好说再见。不然我还有选择的余地吗?第二天晚上,天色还是变黑,房间开始变暗。每一种声音听起来都很怪异,太过大声而且带着怒气,我就知道事情会怎么演变了。

丝卓玛当然睡着了。而且她照样能吃,在家里晃来晃去,嘴里叽里呱啦说着色本如何如何,好像一切都很正常,我痛恨她又佩服她这一点。我努力地回答她的问题——就算我的声音听起来像是从别处传来的空荡回音,就算我觉得我的心被挖了个大洞——才能忍受这一切而没有失控。

也许别人给的答案会修饰得比较好,但是我很直接地回答丝卓玛,我认为她应该知道实情。反正,我也不太会修饰。妈和爸不是那样子教我们的。我不会排队去看一尊流泪的雕像,也不会去看光靠触摸就能治病的女人,或是在薄饼皮上的耶稣。我从来不相信杰克会在云端上的新家看着我们,或是会在别的地方转世出生成为印度的接生婆或是安第斯山上的牧羊人。

但我相信某些奇迹,很世俗的那一种每天都会发生、却无视于它的存在——像是你生而为你,而不是别人——的奇迹。

爸曾经对我和杰克解释这件事背后数学上的含义。"两个人,在六亿五千万、而且是与日俱增的人口中选择了对方。他们发生了无数次的性关系,"听到性的部分,我哧哧地笑了,可是那是因为杰克用手肘拐我的关系。"然后在这无数次中的某一刻,他们受孕了。如果要受孕,必须五百万受精虫中(哧哧笑)有一只和四十万颗卵子相遇,经过随机挑选、而且出现在女性子宫里面的那一只(窃笑中)。然后开始细胞分裂,制造出一个独一无二、同时也不可能重复的人类,为六亿五千万再添加一个人。"

从来没有人骗我们要相信来世,好像我们现在已被赋予的生命还不够长似的。但是这显然并没有阻挡丝卓玛去查证。或许,"全然地相信超自然现象"是孩子变成大人以后所丧失的一种天赋。

那时候丝卓玛最爱说的一个字眼就是"可能"。她知道地球是圆的,地心引力让我们不至于从地表掉落,因为她的老师贺尔太太有教过,而贺尔太太所说的一切都像圣经一样,是绝对真理。但是丝卓玛还是觉得,地球和其他行星可能只不过是巨人口袋中的残渣——仍旧是"可能"。

"你觉得是不是有一点点杰克留下来了?"从店里出来回家的路上,丝卓玛问我。我脑袋里还满是碧和他、他和碧的事。

"什么意思?"我说。

"噢,我知道他死了,也不会回来了。因为我可不是笨蛋。"她开始说,"可是,我只是觉得可能某个地方有一点点他吧。"

"像是哪里?"

"像是他房间或是照片里,或是我录音带上那个'对不起,丝卓玛。'"

"什么?"

"我的录音带。"丝卓玛说,"你没听过吗?"我摇摇头。"这表示你没有像你说的那样等到我睡着才走掉。"

"管他的! 不过,丝卓玛,你在说些什么啊?

什么'对不起,丝卓玛'?"

"那是杰克。"她说,"在《小玛菲小姐》录音带上,大概是在快到尾巴的地方,应该是在B面上,也许是A面,然后我说'杰——克',像这样,我的声音听起来还好小,然后他说:'对不起,丝卓玛。'然后,接着又是《小玛菲小姐》了。我想要知道,那是不是我的一点点杰克,因为那是他的声音。"

"可能。"我说。她能那样想实在是太好了。我好想听到他的声音。我说,如果她放给我听,我就给她看一张我觉得也有一点点杰克在里面的照片。

"看过了。"她说。

"不,你没有。"我说,"这不是妈保存的照片,是一张新的。"

"对,就在你床下,而且我看过了。"她说,然后突然发觉她不应该看过,于是发出小小的"噢"的声音,眼睛张得大大的,然后把头转开。

"你不应该未经许可就进入别人的房间。你什么时候进我房间的?"

"你在杰克房间的时候。"她说,一副早就准备好答案、同时检验过这个答案滴水不漏的神情。

我们沉默了一分钟,我还打不定主意是要放她一马,还是要把房门加上一道锁,丝卓玛就开口了:"我觉得,那里面绝对有一点点他。"

"你进入我房间看到的照片里面?"

"没错。那是一张很棒的照片。"

"碧拍的。"我说。

"啊?"丝卓玛踉跄了几步。

"你听到了。是碧拍的。"我说。

"你的碧?我的碧?哪个碧?"丝卓玛问。

"杰克的碧。"我说。我们的对话简直就像她的童书《苏思博》一样。

又"啊"了一声。

"杰克和碧是一对。"我说,"男女朋友。"

"像你跟贺柏一样?"

"不,不像我跟贺柏,我们是朋友。其他什么都不是,真的。"

"还不是。"丝卓玛说。我心想,老天,她实在太清楚、太早熟了。我轻轻地推了她一下,要她闭嘴。

"你怎么知道碧的事?"她说。

"我就是知道。"

"怎么知道? 她告诉你的吗?"

"差不多。我发现的。"

"怎么发现的?"

"我找到一张杰克写给碧的明信片。我问她的。"

"你在哪里找到的?"

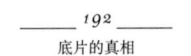

"在她房间的一本书里面。"

"啊哈!"她一副抓到我的小辫子似的。

"噢,好啦,丝卓玛,房间的事就算了。那不是重点。"

"那信呢?"丝卓玛说,"信的话是重点吗? 如果在别人房间找到信,可以吗?"

"信?"

"是啊,给杰克的信。不过,我几乎都看不懂。笔迹好乱,而且写在碎纸片上,有一些纸好小一张。"

"在哪里?"我问,"碧的房间里?"

她没在听我说话。"你写信给杰克吗?你觉得你死掉以后还能读吗?"

"丝卓玛,"我说,"你把我弄昏头了。什么信?"

"在杰克房间的地板下有信,你知道那地方

吗?"

我知道。妈从来没发现过那个地方。他给我看过一次。我没想到要去看,不知道为什么,就是没想过。或许可能因为我是个大白痴。

"我闯祸了吗?"丝卓玛说。

"当然没有。"

"贺尔太太说到处都有一个杰克,像灰尘那样。她说写信是一个很不错的想法,她有一张传单也是这么说。"

"你有跟别人讲过这些信吗?有和妈和爸说过吗?"

"噢,拜托!"丝卓玛说。我想她的意思是,就算她告诉他们,她要嫁给火星人,然后要搬到月亮上去住,他们也听不见。她说到重点了。

我们到家时,爸在外面等着。他说:"你妈在家,可是她不应门。"

我问他是否确定,因为我以为她今天早上要出门。当他注视着我,看是否有说谎的迹象时,我努力张大眼睛摆出无辜的模样。

"我听到电视的声音。"他说。

丝卓玛说:"喔,我开着让鱼看。"她有两条金鱼,一只叫阿大,一只叫橘子,她从买来那一天起就没有在乎过它们。我几乎忘记它们的存在了,我还以为她也一样。

爸相信我们的借口。我对于她完全不着痕迹的处理手法感到讶异。他搓揉着她的头发,然后像消防员那样把她扛在肩上走向车子。走到一半他回过头问:"罗文,你确定不一起来吗?"

"不,谢了。我要做功课。"

爸转身离开,用手背对着我挥手,而丝卓玛的腰挂在他的肩上,头朝下,对我露齿微笑,刚好是他裤子口袋的位置。

我自己开门进去,看看妈在哪里。电视开得很大声,可是她不在那里,于是我把电视关了。我在浴室找到她,浴室门敞开着,走道上笼罩着蒸汽,在灯光下晕开扩散。

"爸刚才有敲门。"我说。

"没听见。"她对我说,用脚把热水转开。

我不晓得在一切都溃散崩塌、被爸发现之前,这样子能持续多久,因为这些谎言不可能永远不被拆穿的。

我把浴室的门拉上,不想让妈看到我进杰克的房间。我直接朝着床底下靠近墙壁的右边地板,弯下身匍匐爬行,探进床底,大半截身体都露在外面,还得一边注意着妈走出浴室的声音,免得被她抓到。

坏掉的地板大约有三十公分长。我得用指甲把一角撬开来,用手肘重压另一侧,地板弹跳起来,差点就打到我的头。我用左手摸索着,然后发现一叠纸,还有一包大麻,大概可以送给卡尔。我扭转身体退出床底,趁妈从浴缸起来之前,冲下楼梯回到我的房间。

有三封丝卓玛写的信,用色彩一致的信纸,上面贴满贴纸,全都是些仙女还有许愿之类的图,都是比浅紫色更亮的颜色。杰克会把两只手指头插入喉咙里,嘲笑这些信。但是现在她可以假装他会喜欢。又是那种"再造杰克"的游戏,把他变成你喜欢的那种人,你说他还能怎么抗议呢?我不知道自己是否也过度美化了杰克。

也有一封我写的信,真的很旧的一封信,是为一件我已经不记得的事情道歉。我画了一幅他在哭的图,眼泪像泉水一样狂喷,而我在对话框中写着粗黑的三个字"对不起"。我觉得好像是别人写的,一点都认不出是自己的笔迹、或是我画的图。

仿佛是八九岁的我,根本就是另一个人生似的。事实上也是如此。

我没有先读自己或是丝卓玛的信,因为我想先看其他的信。我想,看之前我就已经知道那是碧写的。我只读了一封、还是一封半,就把信塞入包包,要带去还给她,因为觉得好像在偷窥。

"嗨,杰:好好好,星期五一起出去吧。我想要看博克巷内剥光的胴体展示,我想要看一颗心真正的模样;或者可以来我家,因为卡尔要上班,而我可以盯着你看。嗯……或者,两个地方都去,但是要先做什么呢?

你看过那本书了吗?要看!那很重要。它是说你不可能重活一遍,就算可以,也会完全一模一样,那就是重点,我们无法主宰,上帝才能。(不是上帝啦,你明白我的意思。)

所以,在星期五之前,我都会微笑等待。"

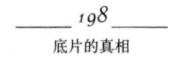

"噢,还有卡尔说我最近看起来不一样,我一定是有男朋友了。我说,才不,男生都是混蛋。所以,很抱歉,他想要见你,但是不用担心,因为你一定会喜欢他的。"

碧还是没接电话,于是我就过去了。我在路上读了一封丝卓玛的信。

"亲爱的杰克:

你好吗?我很好。妈还是很伤心,罗还是爱指使人。霍尔太太说送个气球给你,但是要吹起气,然后她说可以寄一封信给你。

罗说你已经不是你了。

你还记得躲迷藏时,我藏在你的床底下,大家都找不到我的那件事吗?我还记得哦。

罗煮的东西比较好吃了,但是不能做土豆和鸡蛋!这两样做出来比以前更难吃了。

我有努力!努力成为可以帮助别人的人。

再见了。请回信。

丝卓玛"

卡尔让我进门。我看他的样子就明白他已经知道我知道了,但是他没提。他只说她在房间里,我走过他身边的时候,他轻拍了我的肩膀一下。

碧在看书,我问她是什么书。她说:"是一篇短篇小说,故事是说一个爱斯基摩女孩在情人死后,用鲸鱼脂肪做了一个他的模型。"

"然后呢?"

"她把它融掉,然后再做一个。我还没看完。我可没考虑要尝试哦。"她耸耸肩,安静地笑了。

她把书放下,然后移过去一点,空出位子给我。我坐在床边,包包放在膝盖上,告诉她我找到一些东西。

"什么东西?"她说,然后挪到床头靠着床头板,用双手环抱住膝盖。

我把那一叠信拿出来，碧把脸颊贴在膝盖上，伸出手接过信。我用鞋带把信绑起来了，以免在包包内散开。她用颤抖的手解开绳结，我怀疑自己是否做对了。

"你有读过吗？"她说，眼睛没有看着我。

我说一封。我说我很抱歉。

"不，不。没有关系。"

碧将信摊开在床上。我也给她看丝卓玛的信，一起读了其中一封。这封才刚写完不到两个礼拜。碧一面微笑、一面用手抹着眼泪。

"给杰克：

故事时间到！是关于杰克与豆子的故事，里面有头母牛还有一棵魔法豆树，在树的顶端住着一个巨人。我画的每一张画里都有你。有个叫马克思的男孩说我是一朵云！这样很好，就像棉絮一般。如果你回来，妈的心情就会变好，爸爸也会回家,这绝对是个好主意,这里就会像以前一样充满欢乐了。现在唯一的好事就是,罗有个住在拖车里面的男朋友,他人很好,叫做贺柏,比你还要高。

麻烦快回信哦。

丝卓玛

PS:我的派对礼包是可乐口味的泡泡糖、口琴、像钱形状的橡皮擦、辛普森家钥匙环、乐活森林家族双胞胎、发带或者手镯。那你的呢?

PSS:拜拜咯!"

碧伸手从床底下拿出一个盒子,把所有的东西都倒出来,里面有杰克的信,有些写在碎纸片上,有些写好几页,放在原来的信封里,处处都是他的笔迹。"噢,天啊,"她说,"看看这些都放在一起。"她抓起一把,然后又扔下,好像在洗牌一样。

她问我是在哪里找到的,我说在地板下找到

的。

"我想要看看。"她说,我以为她在说地板下的洞,结果她是在说杰克的房间,因为她从来没看过。

我说只要她想,现在或任何时候都可以过来,但是她说:"不是今天,今天我要读这些,然后按照时间顺序排好。"她用手抚摸过所有放在她床上的东西。她在微笑。

我想我应该要走了,于是就说我该走了,但是她根本没听见我说话。"你想要独处吗?"我问她。

碧没有抬起头,只是点点头:"你介意吗?"

我离开房间,关上了门。

"罗文,谢谢。"她的声音从门的另一侧传过来。

卡尔在厨房里坐着,我经过的时候,他站了起来。

他说:"想喝杯茶吗?"其实我并不想,但还是留下来喝了一杯茶,因为他询问的方式,好像是我在帮他忙似的。

他在泡茶的时候,什么话都没说。桑尼一次又一次地把冰箱门打开、关起来、打开、关起来,同时在自言自语。我坐在桌子旁边,盯着自己的手看,觉得有点尴尬。当他把马克杯放在我面前时,虽然还太烫,但我还是啜饮了一口,因为没有别的事可做。

"那么,她告诉你了。"我点点头。舌头被茶烫伤了,舌尖上毛毛的,没有知觉。"我很高兴你知道了。我很抱歉,我们拖了这么久。你还好吧?"

"我?"我说,"呃,我很好。我不知道,但是很好。"

卡尔长长地叹了一口气,像洗头一样地用双手搓揉自己的脑袋。他的微笑紧绷,看起来一点都不快乐。

"他是个很棒的孩子。"他说,"是我们家的一份子。"我说我对此感到很高兴。"你和碧好像,"他说,"勇敢的表情,面对所有的事情。"

我想到妈。我希望她早上能起床更衣。我希望她能微笑、说话,像我们一样继续过日子。我跟卡尔开始聊起妈还陷在大黑洞中,如果想太多的话,就会感觉到那个黑洞也会抓住我,就好像把手放在吸尘器的吸头前面一样的感觉。我静静地说着,话讲出口后,我才真正地直视这件事。

"我没有时间崩溃。"我说。卡尔笑了,但是其实一点都不好笑。

"你帮了她很大的忙,我知道。"他对我说,我不确定他指的是妈还是碧还是丝卓玛。"尽快回来,"当我起身要离开时,他说,"你们还有很多事要谈。"

16

我才刚离开,手机就响了。那个号码我不认识,差一点就没接。

是贺柏。"因为你,我得去弄一只手机。"

"为什么?"我微笑着说。

"因为我需要打给你时,我得找个电话亭,然后发现我没零钱……我想,够了。所以,现在我有这只电话,这就是我的号码,然后不可以说屁话,了解了吧?"

"收到、收到,通话结束。"我大笑,"看吧?你要说什么？"

"我只是看看你的情况。你今天很难过，而且很没礼貌。"

"我很抱歉。"

"没关系。我完全可以理解。你在哪儿？"

"正要离开碧家。"

"她还好吗？"

"不知道。我刚才把她的情书还给她了。"

"想跟我见个面吗？"

"想。"

"好，你能不能走到哈默街上那家书店？我可以在那里跟你碰面。"

天色变灰了，还没变黑，但是周围景象开始变得朦胧。我知道怎么去，闭着眼睛都办得到。我大脑开关关闭，飘到别的地方去，仿佛在课堂上写东西，却听不见老师的声音，可是手还是继续写着。我的心思飘得好远,差一点就撞到他。

"'礼车'在哪儿?"我说。

"停好了。我也是走路。你好吗?"

"很好。"

我们转身走向我来时的路。

"让我们再试一次:'你好吗?'"贺柏说。

"我一直想着碧。"我说,"她十八岁,然后已经失去了她所爱的人。还有什么比这更糟的?"心里想着,也许永远不会再看到他了,但是我没有继续说下去。

我和贺柏说碧床上的那一堆信,还说只剩下那些会是什么样的感觉。信和电话而不是活生生的人。我说:"你应该读读丝卓玛的信。"

"丝卓玛的什么?"

"写给杰克的信。我根本不知道她会想念他。没想到会这样。"

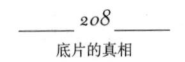

"她当然会想,他是她哥哥。"

"她觉得他房间里面有个可以通往另一个世界的邮筒。我真的认为她期待他的回信。"

"那个孩子很不寻常。或许我们应该寄一封信给她。"

"嗯,我得回家了。"我说,"丝卓玛就快回来了。我没有办法处理我爸和我妈在同一栋房子里的状况。我得在家,那样他才会离开。"

"你为什么要这样对待自己?"他说。我问他,除了我以外,还有谁能做这些。

"我不懂你为什么不跟你爸说清楚。"

"因为我不想和他住在一起。我不想要我妈哪一天清醒过来,发现她失去所有的孩子。"

我们回到家时,爸和丝卓玛还没回来,我也不希望贺柏离开。"你要进来吗?"我说。

"我不确定自己是否受欢迎。你呢?"

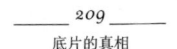

"你和我在一起。"

我看了一下客厅里的妈。她睡在沙发上,蜷缩起来的身子盖着一条毯子,头旁边的桌子上有安眠药和一杯水。我溜进去,习惯性地数一数还剩下多少颗安眠药。

然后我们上楼。"要参观一下吗?"我说,试着舒缓把他带入我那狭小房间的尴尬和羞愧。我推开房门,以为他会瞄一眼就离开,结果他走进去就在床边坐下。

"这很像救护车。"

"你的意思是很简洁。"

"完美。我喜欢,你在我的房间里也会很适应。你已经习惯了。"

"我们要去哪儿呢?"我半开玩笑地说。

"想去哪儿都可以。"他还以颜色,"只要告诉我什么时候。"

我问他想不想看照片,他还不认识之前给我的杰克的照片。我伸手到床下摸索着,然后递给他。贺柏注视杰克很久,杰克也回看他。这大概是他们两人被介绍认识最接近的时候了。

"那是我哥。"我说,显然企图打破沉默。

"很高兴认识你,杰克。"

我想象着碧站在那里拿着相机,想到杰克兴致高昂地大笑,而且他那么喜欢她。

"他和碧在一起。"我说。

"看他多快乐啊。"

我带贺柏进入杰克的房间,我从来没带人进来过。他表现得很尊重、安静而且谨慎,仿佛有人在房间内睡觉。我说杰克会比较喜欢我们在床上跳、把音乐开得很大声,但是我很感激贺柏在这个场合的表现。贺柏很安静,然后把东西都放回原来的位置,什么都没漏掉。

他很喜欢杰克的宇宙地图。他仔细研究后摇着头,他大笑出声,笑我们是多么的渺小和微不足道,几乎和杰克第一次看到这地图的反应一模一样。

我说:"有一天我会把它送给你。我希望你拥有这张地图。"

"你不用那么做。"他说。

"我知道。但是,迟早有一天,这个房间势必得整理掉,那……"我脑袋里浮现自己三十几岁、有工作和房屋贷款等等的模样,丝卓玛也长大了,但是杰克仍是十六岁,他的房间维持着原样,照片都褪色了。那实在是太不对劲了。一股不对劲的感觉冲击我的胸口。我不应该变得比他老才对。

贺柏拿起杰克的吉他,摆出"可以吗"的表情,我点点头。他开始调音,低着头倾听着,来来回回地拨弄着琴弦。

"你会弹吉他?"我说。

贺柏说:"会一点。"然后他开始弹奏一段好甜美、悲伤又简单的旋律,音符不断地回旋,我说:"你骗我。"

我专心地听他弹琴,没听到脚步声。坐在那里听音乐,这是我好长一阵子以来最快乐的一刻了。我背对着门,没看见门开了,只注意他的手在琴弦上移动。贺柏停下来的时候,我才回头。

妈站在门外的走廊上,盯着贺柏看。一向空白的脸上,浮现了很多表情。

我说:"你还好吧,妈?"她没说话,像鬼魂般慢慢地转身离开。我听到她走进隔壁的房间,在床上躺下来,我可以听见床垫挤压的声音和可怕的静默。

贺柏说,她推开门的时候,脸上的表情就像刚赢得大奖。他看到失望在她脸上散开,却动也不动:"她只是盯着看。"

我想到妈刚刚在楼下的黑暗中昏昏沉沉地醒过来,听见杰克房间里的脚步声。不只是脚步声而已,而是男孩的脚步声和声音,一个十七岁男孩的声音,一把不止弹奏六个断断续续音符的吉他声。

那一定就像是从噩梦中醒来,她以为她儿子回家了。

贺柏说他该走了,我没反对。我们小心关上门的动作极度夸张,安静地经过妈的房间,踩在楼梯上的每一步都缓慢而无声。

"明天你要做什么?"他问,我一边试图无声无息地打开前门。我们压低着声音说话,"你不会有事吧?"

"当然。"我说,但是我怎么知道?大概不会吧。

"我很抱歉,罗文。"他说,"那实在很糟糕。"

"不是你的错。"我说,"没关系。"

他用手托着我的脖子,温暖又迅速地吻了我的脸颊,然后沿着步道走到街上。我看不见救护车,但是站在敞开的门前,可以听见引擎启动、然后开走的噗噗声。

我上楼去看妈。她躺在床上,两手放在头顶上。我轻轻地坐到床边上,免得惹她生气,让她有压迫感。我说:"对不起,我们吓到你了。"

她的眼睛在半黑暗的光线中闪烁,我看得出来她在看我。我继续说:"他是我的朋友,妈。你会喜欢他的。"

她吐了一口气,转头不看我。我待在那里,不知道要做什么才好,直到听见钥匙转动和丝卓玛在走廊上开朗的声音,才解除被忽视的窘况。

我知道不论做什么都于事无补,她会一直躺

到天亮,然后可能继续躺着,而这全都是我的错。

丝卓玛的脸颊因为在室内奔跑而变得红润,爸也在微笑。他们一定度过一段愉快的时光。

我当时就应该告诉他们关于妈的情况。我应该告诉他刚才、还有过去这些日子以来所发生的事,但是我不想看到他的笑容消失不见。我觉得会造成更多的伤害。我又下了一个伟大的决定。

丝卓玛累坏了,爸待了一会儿,并且帮我们煮了意大利面。有一部分的我希望妈会下楼,然后以一种很壮观的方式拆穿我的谎言——我不需要说就能让爸知道。我得强迫自己坐下,我不断地跳起来洗锅子和擦东西,感觉自己有点匆忙,比周围的一切都要快半拍。

不过,能吃到不是我自己煮的东西,感觉很不错。我发现自己在假装爸根本就没搬出去,每晚都会发生这种情况,毕竟我不需要为他妈该死的每一件事负责。

"妈怎么样?"爸说。丝卓玛和我同时停下咀嚼动作,然后看着他。

"不太好。"我说。我在思考,告诉他吧,只是开口要他帮忙,死不了的。

"怎样不好?"

"她得了流感。"丝卓玛说,"她在睡觉。"我看着丝卓玛,她抬起下巴瞪着我。

"什么? 她病了多久了?"爸说。

我想要说:"噢,好多年了,你没注意到吗?"但是丝卓玛在我还没想清楚之前就开口:"从昨天开始。"这个小女生说谎的功力真令人害怕。

"你们都还可以应付吧?"他说。妈的! 我真想揍他,真的。

我看着食物,丝卓玛说:"没问题的,爸。我们都很会帮忙。"

"她需要些什么吗?"他站起身来,"我上去看看她。"

"不要,"我回答太快了点,"没事的,爸。我刚才上去看过,她在睡觉。"

当他在考虑到底要不要再坐下来时,中间有那么一小段可怕的沉默。我可以感觉到坐在我身边的丝卓玛屏住呼吸。然后他不断重复地说,他会留下来过夜,他可以睡在沙发上……直到我说:"爸,我十五岁了。你可以回去了。没事的。"

我们几乎是把他推出门去。

他一离开,我就问丝卓玛:"你为什么要对爸说谎?"

"你就是这么做的,"她说,"一直都这样。"

"嗯,今天晚上我没打算要说谎。我准备要告诉他,妈真的很糟,丝卓玛。我想我们需要他帮忙。我不想再说谎了。"

"如果爸认为妈病了,他就再也不会爱她了,然后他就不会回家,所以我们不会告密。"丝卓玛说。她的脸开始垮下去,肩膀开始上下起伏,但是她还是撑着没有哭出来。

"万一她变得更糟,而不是更好呢?"我说。

"不要这么说,好不好?"

"我们也得想一想,丝卓玛。或许我们其实不是那么帮得上忙。"我试着要拥抱她,但是她很生气地转过身。我也了解那种感觉,就是如果有人安慰你或是对你太好的话,你就会整个崩溃,变得无法自制。

我和丝卓玛都没有办法再这样下去了。

等丝卓玛和妈都睡着以后,我翻出一卷老旧的家庭录影带,终于可以有一次好好地独占电视。

杰克以前就对戴安娜王妃有点意见,如果没有人告诉我们她死了的话,大家光靠她下车、参加宴会、摸孩子的头的电影影片,就能继续过活了。一定有很多、很多没人看过的影片,多到足以播放很多年。他说,反正我们大多数人都没有亲眼看过她,我们怎么会知道其中的差别?

看着过去的我们,不假思索、肆无忌惮的快乐,真希望我们家现在还是一样。我希望有很多很多我没看过的影片片段,假装日子就跟过去一样。第一段是我和杰克在儿童池里面,还很小,戴着遮阳帽,穿着短裤,很一般的打扮。我们笑闹着朝对方泼水,将水从头上淋下去,听得到妈和爸在摄影机镜头后面笑着。然后我因为某件事开始哭嚎——可能是眼睛进水了吧,然后妈就出现在荧幕前,笑容满面,戴着太阳眼镜,还有长长的头发。她好漂亮,穿着一件薄洋装,赤着脚。看到她那个时候多么的年轻、美丽,我僵在沙发上。

我向前快转了一段,停下来看见自己是全世

界脸最臭的伴娘、丝卓玛在院子里面被球绊倒、杰克在树顶上挥手、没完没了的足球赛和好几次的生日。我正在想,应该要给丝卓玛看录影带,提醒她事情最初的状况,画面中的线条突然闪烁,然后出现了我记忆中的杰克,戴着耳机、非常耀眼而且得意得很,对着镜头自拍自唱。他跟镜头贴得那么近,几乎就像在房里一样。他停下来不唱,画面就又闪烁了一下,又回到某个我们早已遗忘的派对了——爸在烤肉,哈维克太太和她先生还有妈在大笑。

基本上,杰克擅闯并绑架了这卷家庭纪念录影带。我不断地播放、倒带,播放、倒带,播放、倒带,直到我的眼睛疲倦到再也看不清他了。

17

第二天就像任何一天一样展开了。我关掉闹钟,梦游般地滑进厨房帮丝卓玛做午餐,让她带去学校,顺便喝早茶。早餐时,我们为冲泡的燕麦吵了一架,因为是她吵着要的,却又不肯吃,然后我开始因为又会迟到而紧张。我得背她到公车站,因为她拒绝用跑的。她现在很会做这种事,顽劣抗拒,然后就赢了。我们出门的时候,妈仍在睡觉。我们轻轻地上楼跟她说再见,然后再轻轻地下楼。真的,很平常的一个早晨,没什么值得一提的。

之后,因为迟到被训了一顿、然后上两堂英语课、吃一颗苹果——早餐其实都还没吃上一口(太忙着跟丝卓玛争论了)、再上两堂生物课。然后是午餐时间,我去找碧。

她不在。于是,我打给她。

"我没有办法面对这件事。"她说,"我睡不好。桑尼的保姆又生病了,所以我待在家陪他。"

我问她是否需要什么东西,要不要帮她带点东西过去。

"我还需要再跟你谈一谈。就你和我,不要带丝卓玛。希望你不会介意。"

"当然不会。我会安排好。"

放学后,我打给贺柏。他说他被手机的声音吓了一跳,听起来好像是只巨型蟋蟀。听到这个形容词,立刻让我笑了出来。

"昨天的事,我很抱歉。"我说。

"没关系,我也一样。你妈还好吧?"

"早上出门前看她还在睡觉。"

"我觉得昨天很愉快。"他说,"你让我看杰克的房间,还有其他的每一件事,对我而言意义重大,所以谢谢咯。"

"你知道,碧从来没看过。"

他发出一种声音,一种意味着"可怜的碧"的叹息声。"我希望能见她。"他说,"我还不认识她。"

"还有机会。"我说她没去上课,她想再跟我谈一谈。我问他是否愿意帮我照顾丝卓玛。

"我明天有空,可以吗?"

我已经在丝卓玛的校门口。我看见她在操场上排队,不停地跟贺尔太太说话。对我挥挥手,上上下下地跳着。

"我得挂电话了。明天很好。多谢,贺柏。"

"拜了,美女。"他说。

我和丝卓玛在转入我们家这条街时,我看到贺柏的救护车停在房子前面,"他等不及要见我。"这么一想,于是加快脚步。但是我看错了,因为这辆救护车开闪灯还鸣笛,驶离人行道,从我们身边疾驰而过。丝卓玛用双手捂住耳朵。

爸的车也在。哈维克太太站在我们家门口,就像唐宁街十号首相官邸前面的警察,只不过穿的是斜纹软呢布料的衣服,脸色像床单一样惨白。我问她发生了什么事。

"你不准进去。"她说。

丝卓玛把手放入我的手中。"发生了什么事?"我说。

哈维克太太只是摇头。"你们不可以进去,你们得到我家来。"

"我妈呢?"我说。

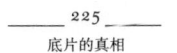

哈维克太太的目光追随着救护车驶离的路线。"你爸和她在一起。"她说,"他告诉我不要让你们进去。"

我蹲在丝卓玛的前面。她开始抽咽,我握住她的双臂,直视她的眼睛:"和哈维克太太一起去。我马上就来。拜托,丝卓玛。没事的。"

哈维克太太仍旧站在那里,好像她不到一百五十八公分的身高能抵挡得住我进去我自己家一样。她说:"你真的不应该进去。这是为了你好。"

此时我的心宛如暴风中心一样风平浪静,手却在颤抖。我说:"没有不敬的意思,但是我已经照顾这个家伙好一阵子了,我想我的年纪足以照顾自己了。"

她没有争辩,很高兴她没有。我从包包中拿出钥匙,等她让开。我打开门,随即在身后关上,我靠在门上,只是呼吸着。我听得见他们沿着走

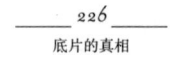

道离开的声音,哈维克太太异常温柔的说话声,还有丝卓玛小声呜咽的哭声。

妈!

我把包包扔下,穿过玄关进入厨房。我的脚步声在地板上听起来比平常来得大声。所有东西整整齐齐,干干净净,正是我出门时的样子。她一定是喝了一杯茶,因为水槽旁边还有个冲洗过的马克杯倒扣着,我拿起来时,留下了一圈水痕。

客厅也很整齐。她把毯子折好了,整齐地放在沙发上,通常这是我做的事。电视机关着,那两只金鱼盯着我看。我离开客厅,三步并作两步地上楼梯,赶到我那位于转角的房间。

我的床上有个装着便条纸的信封,上面是妈的笔迹。突然,时间加速行进,我开始加快步伐。妈从不写信。妈不会有什么话要说。

我把信留在原处,从喉咙的深处发出一种奇怪、我根本认不出来的声音,我愣住了,直到我明白那是我发出的声音——听起来极度的恐惧。

我不记得是怎么继续上楼的。我冲入她房间。床铺好了,地上没有脏衣服。很不正常。

她是在厕所进行的。

我早该注意到楼梯上的血迹,但是我后来才发现。

厕所看起来就像那天在碧的厕所冲洗杰克照片时一样:她装上红色灯泡,然后整个房间都淹没在同一个颜色里面的那一天。

厕所是红的。

浴缸满是红色的水。红色从浴缸中溢出来,流到铺在地板的垫子上。红色在白色的方形瓷砖和浴帘上绘出图案。我从没想过身体里面有那么多的血。

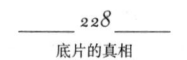

我手上都是血,但是我不记得有碰过任何东西。门把上也是血迹斑斑。到处都是冷凝的水蒸气和血,还有那种味道——像肉店的味道、像金属的味道、像泥土的味道。

我不知道自己接下来做了什么。一切仿佛都变成空白。我去哈维克太太家的时候,他们经历过的时间显然不同。丝卓玛在哈维克太太最好的一张地毯上吃吐司、看电视。她没有看见我。哈维克太太开门的时候拥抱我。我记得她的皮肤感觉好柔软,有种粉粉的感觉,还记得香水的奇特甜味。

"她在哪儿?"我说。

"大学医院。"

"丝卓玛能留在这里吗?"

她点点头,在我手里塞了二十镑。"坐计程车,亲爱的。"她说。

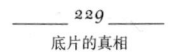

我的脸上有血。我注视着车窗上自己的倒影。我一定是抹过眼睛,然后把血弄到脸上了。我看起来像个战士。我试着将血迹抹去,但只是把鼻涕和眼泪还有手上的血抹成一团。计程车司机不断地从后视镜中看着我,我心想不要和我说话,不要看我,不要问我话。

下车时我把二十镑给他,没等他找我钱。在我抵达服务台时,时间又再度慢了下来。柜台后面的女人大概花了将近三个小时的时间,才抬起头看我。

我说:"珍·克拉克在哪儿?我在找我妈。"然后,她又花了三个小时查看电脑、东摸摸西摸摸的。我的呼吸慢不下来。

然后,爸从某一扇对开弹簧门后走出来,他的手、他的衬衫沾满了红色,他试着用一张用过的面纸擦手,他在哭。

我心想,拜托,千万别让她死了。拜托,上帝,不要让她死。然后我开始颤抖,好像医院有地震一样,但是只有我脚下这块地方在震动而已。

18

从那次以后,我一直在想为什么爸不知道妈的事,为什么我不告诉他。我当然有讲。然后我觉得很糟糕,真的很糟糕。

我想过为什么我试着独自去处理一切,结果只是把事情弄得更糟而已。我是怎么把现实生活变成一碗被搞砸的汤,而不是一份完整的早餐呢?

我一定有我的原因,但是我不想去找出来或是说明。

谁知道?有时候,我们一张开双眼,然后发现自己其实一直都是闭着眼睛在过生活。我们所想的世界，其实都不过是自己脑袋中的想象而已。

妈没死，可不是因为她没努力寻死。

她没死，是因为没有人应门，爸就自己从后门进去了，在房子里面走动，最后来到浴室。

"我差一点就没上楼。"他说，"我以为大家都不在。"

"你怎么会走到后面？"

"我想看看你。我提早下班了。我希望你们放学回家的时候，能够在家里等着。"他说。

"她在我床上留了一个纸条。"

他说："万一我没上楼的话，会怎么样？我的生活怎么了——闯入我自己的房子，发现我爱的人那样子在浴室里？"

他握住我的手，我们一起在走廊上等着，喝着热腾腾的廉价咖啡，像实验室的老鼠一样在闪烁的日光灯下眨着眼睛。

"我很抱歉,罗文。"他说,检视着我的手,仿佛从来不曾真正看过一样。他微笑着,却是如此的空洞、不快乐。我也回以微笑,但是我打赌我看起来也是同一个德性。

"是啊,我也一样。"我说。

大约八点的时候,我的手机响了。我接了,因为是碧。我得出去接,因为医院里面禁用手机,大家都用眼光鞭打我。

医院外面是个奇怪的半个世界。病人穿着背后空荡荡的袍子在游荡,坐在对街的银色咖啡桌旁喝咖啡,站着领钱,穿着睡裤在抽烟。好像是真实世界中的鬼魂,好像片场的临时演员。

"嗨,"碧说,"你在哪儿?"

"我其实不方便说话。"

"为什么,发生什么事了吗?"

"我在大学医院。"我说,"我妈在医院。"

我听得见她倒抽一口气的声音,"怎么了?"

"她割腕了。"我说,然后开始哭了。大家都在看。

我问她是否可以帮我一个忙。我说丝卓玛在哈维克太太家,但是其实跟她不熟,丝卓玛什么都不知道,只知道妈在救护车里。我说:"她独自一个人,她会害怕。你可不可以去接她?她可以和你还有卡尔在一起吗?"我的声音很不稳定,不能好好地说话。

"当然可以了。"碧说,"我现在就去。我们会开车去接她。电话号码给我。"

我给了她,然后要求她不要跟丝卓玛说任何事:"就说妈没事。"

"是吗?"

"我不知道。"

碧问那是不是意外,我什么都没说。"噢,天哪。噢,罗文。"她的声音听起来很模糊,好像用手捂着嘴一样。我现在不想说话了。

"等你接到丝卓玛时告诉我。"我说,"我想要确定她没事。"

"那你呢?"

"我怎样?"

"谁在照顾你?"她说。

"我爸在这里。"我告诉她,"不管怎样,我现在根本就是在梦游,还没醒过来。"

挂掉电话后,我在外面又多待了一会儿,在橘色的灯光下,看着雨滴从黑暗中掉落下来;看着积水中发射的灯光;看着人群上下公车、穿越马路,就像脉搏一样跳动着无止境的节拍。然后我转过身,再度迎向冷硬目光的注视、进入一扇对开的弹簧门、踏上闪闪发亮的地板,旋即是长长的等待。

我一定是坐着睡着了,因为护士跟爸说话时把我吵醒。她在说"立即的风险",还有"可能造成神经损伤"之类的事。她说妈打了镇静剂,精神病房的人会尽快评估她的情况。

我说:"你们需要知道她在吃什么药吗?"护士带着一抹紧绷的微笑看着我。"睡觉之类用的。我有药单还有分量,所有的东西。"

护士说,等一会儿有人来跟我拿这些资料。她的微笑完全没变,她和爸两人的眼光在我身上定住了一秒。我闭上眼假装我不在场,直到她离开。她的鞋子在地板上发出嘎吱嘎吱的声响,真的很大声又很尖锐。白色系鞋带的皮鞋。我不可能穿那种鞋的。

当然没有人来拿资料。我把药单交给爸,他读了一下然后放在皮夹内。他说:"你为什么不跟我说,罗文?"

我没有回答。我紧闭着眼睛不说话。

碧传了简讯告诉我丝卓玛很好,上面说"随时可以打给我",但是,我不知道要说些什么,所以没打。

我告诉爸,丝卓玛在碧家。我说她在那里会比较快乐,所以他不需要担心。有那么一瞬间,感觉他似乎忘记丝卓玛是谁了。

他说:"你应该回家睡一下。"但是我很不想独自和那间浴室在一起,听到我这么说,他的脸色一阵白,把头埋进双手中,喘息声像匹马似的那么大声。

"那实在很难,把她抱出来。"他说,直勾勾地盯着当时的画面。我猜想是他把血弄到地板上墙上门上和楼梯上的。我想象妈只是在水里面安静地淌血。

我们在椅子上睡觉,时睡时醒。有股风吹过,

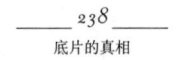

风声有点吵。我们看到的每一个人,脸上都有一种受到惊吓的表情,好像他们从来没有预期到会有今天。

杰克和我以前常玩《急诊室》游戏。我们得先看节目中铺陈故事的前五分钟——养了六只猫的独居老妇和一把生锈的开罐器;在垃圾桶找到一把枪的霸凌受害者——然后,还得预测谁会上救护车,以及发生了什么事,还有他们是否能活着回来。《急诊室》节目本身还蛮无聊的,所以我们会把声音关掉玩牌,然后等着看谁猜对了。

我没看到任何得破伤风的老太太,或是任何枪击伤患。我大部分只看到面前的一道墙,还有让人恶心的绿色泡沫布满凹洞和针孔大小的洞,就像杰克以前挂着飞镖靶的房门一样。

早上贺柏出现了。

我以为自己在做梦。我站起来,因为睡在塑

料椅上,所以身体很僵硬。我说:"你在这里干吗?"然后我紧紧地抱着他不肯放开。

他在我耳中静静地说:"嘘……"反复不断地,好像在听贝壳里的声音。他的身上闻起来就像新割的草。

我问:"你怎么知道的?"

"碧说的。"他说。

他说她骑着脚踏车绕来绕去到处找他,敲他的车窗把他叫醒。

碧是为我做的。

贺柏脱下他的夹克给我穿上。这个时候我才发现自己到底有多冷。他问我是否需要任何东西,一些吃的或是喝点水。

"一台时光机器吧,也许。"我说。

他问是不是我发现的。

"不是,是我爸。我是事后才进去的。"

"很遗憾发生这种事。"

爸在他坐着的位置上注视着我们两个,盯着我们,但目光又同时穿过我们,对我们视而不见。

"我尽力了。我有帮忙。"

"那不是你的关系,罗文。你帮不上任何忙。"

"你觉得会不会是因为我们在杰克房间的关系?你觉得是吗?"

"是悲伤的关系,"他说,"是大脑内部的化学物质。不是我们,也不是你。"

有个护士在跟爸说话。我走过去,她又从头说一遍,好像是在说明今日特餐的女侍。妈醒来了,但是仍旧昏昏沉沉的。我们可以进去,但是一次只能一个人,而且只能停留几分钟。她非常疲惫。

爸先进去。他捏紧我的手,好像在祝福他自己好运似的。

我回到贺柏站的位置。我说:"外面看起来怎么样? 今天的天气如何?"

"天气很好。"他说,"你过来看。"

我们待了一整夜的地方看不到天空,根本看不到外面。我不知道这是为了保护健康的人不受病人影响,还是预防病人看到他们所想念的事物。

贺柏说得没错,是一个很美的早晨。开阔的、蓝紫色的天空,昨夜的雨仍在地面上闪烁着,建筑物之间的天空非常明亮,地面有几辆起重机。行人从我们身边毫不在意地快速经过,讲电话、浏览报纸、啜饮咖啡、抽上班前的最后一口烟。除了我们这些记不得今天是哪一天的人之外,一如往常。我在想我是否应该要打电话到学校,或者现在那是爸的事了,万一他们根本不相信的话。

"你觉得事情现在会开始好转吗?"我问贺柏,仿佛他有答案似的。

在太阳下的他眯着眼睛说:"嗯,我想也有可能变得更糟吧。"

过了一会儿,爸出来加入我们。穿着染血的衬衫,带着泪痕斑斑的脸,在户外的光线中,他看起来好奇怪,好像一个演员在扮演我爸,好像我其实不认识面具底下的那个人似的。

他说:"如果你想,就进去看看她吧。不过不一定要去。"

我留下爸和贺柏两个人一起。我忙着控制自己的呼吸,没时间去想他们两人有什么话可说。

妈平躺在床上,两只手掌向上摊在身体的两侧。眼泪从她的眼眶溢出,沿着最短的途径直簌簌地落到枕头上,在耳朵内聚成一小洼水。我弯下腰,她用手臂环住我的脖子,我亲吻她的脸颊,为了不哭出来而浑身颤抖。

我说:"别再那么做了,妈。"

我说如果是我做错事，我很抱歉。她摇摇头，眼泪更是迅速地掉在枕头上，就像雨中开车时落在车窗上的雨滴一样。她没有问到丝卓玛，但是我仍然告诉她。我说她有人照顾。我说："她不知道这件事。"

我不知道还要说些什么，于是我又亲她，用手指梳理她的头发。能够触碰她的感觉有点诡异，但她没有推开我，也没有看着我。

之后，我跟爸说我不认为丝卓玛可以见她，还不行。他说我们应该有一个人去跟丝卓玛说没事，而那应该是我，因为他还没准备好，他希望留在这里陪妈。

贺柏说，他可以载我去碧家。我想要先回家一下，帮妈拿一点衣物，例如她的牙刷和睡衣，或许一件长袖的开襟毛衣，或是睡袍。我觉得这可能有点帮助。在医院停车场时，我不断地说着。

"你睡了多久？"贺柏问我。

我不知道。"不太久。"

他在箱型车的后门帮我铺床，他先把沙发叠起来，然后拿出睡铺。我累到没办法争辩。

床单有他的味道。我写了一张我觉得妈会需要的物品清单，然后把我的钥匙给他。在车底下道路传来的轰隆声中，我睡着了。

丝卓玛钻到被子里面，把我吵醒了。她在我面前侧躺着，把我的手放在她的腰上。她挪动着身子把自己调整成和我一样的姿势，完全密合在一起。我紧紧地贴近她，张开了眼睛。

"妈还好吗？"她说，仿佛她不用看就知道我已经醒来了。

"她在睡觉。"我说。

"发生了什么事吗？"

"在浴室受伤了。"

"怎么发生的?"

"我不知道。说不定摔倒了。"

丝卓玛咻咻地笑了。"笨蛋。"

"是啊!"我说,"笨蛋。"

贺柏将车子开入车流中,我和丝卓玛在床上滚动了一下。

"我喜欢卡尔。"丝卓玛说。我把头埋在她头发里点点头。"我们做了压花。你猜碧给我看什么?"说着便翻过身平躺着,手肘膝盖拐到我。"杰克的照片。好多好多杰克的照片。"

"真好。"我说。

"我可以跟妈说,碧是杰克的女朋友吗?"

"不行。"我说,"不要跟妈提起杰克,今天不要。"

"为什么?"

"她太累了,丝卓玛。在医院里睡不好。"

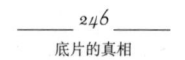

"为什么？生病的时候需要睡觉,哈维克太太是这么说的。她说妈会好好地睡上一觉。你自己说她在睡觉。"

"反正就是不要提起杰克,丝卓玛。那会让她难过。"

"所有的事情都让妈难过。"丝卓玛说。然后她略微地离开我,眼睛看着车顶。

我问贺柏他是否有拿到妈的东西,他指指身旁座位上的包包。我坐起来,看着仪表板上的时钟。已经过了十二点了。"我们怎么花了这么久的时间？"我说。

贺柏从后视镜中看着我："我清理了一下。"

我有一会儿完全不懂他在说什么。

"我去拿她的牙刷,"他说,"我无法那样转身就走。"

"怎样？"丝卓玛问,而我试着透过眼神告诉贺柏我的感觉。

"你妈摔倒的时候,水泼洒得到处都是,"贺柏说,"浴室有点潮湿。"

我从床铺中爬出来,从后面环抱住他。贺柏把头靠在我头上。"我真不敢相信你会那么做。"我静静地说。

丝卓玛不断地问:"做了什么?做了什么?"

我们两人都没有回答。

19

我们一到家,丝卓玛就直奔浴室。门一开,她就立刻跑上楼往浴室冲,想确认我们没有隐藏任何东西。她没注意到贺柏放在浴室外的一大包垃圾,里面满是毛巾、衣服、水和妈的血。我慢慢地跟着丝卓玛上楼,而贺柏在冰箱里翻找可以吃的东西。我根本不想进浴室,尽管我知道里面都清理掉了。

我站在丝卓玛房间外面。她坐在马桶上。我听到她洗完手、朝这里走过来的声音,我回过头瞥见丝卓玛床上的信封,就像我床上的那封一样的白,我一边接近,一边看到上面有妈的笔迹。我的脸发烫起来,拿起信封时,根本不确定自己的手是不是还能动。我才把信封对折塞入裤子口袋,丝卓玛就进来了。

"干吗?"她说。

"没事。"

"你拿了什么?"

"什么都没有,丝卓玛。"我说着,便开始走出房间。

她用力地跺脚抗议,整个脸皱成一团。"你从这里拿了什么?"

"我什么都没拿。"

"骗人!还给我!"

我推开她,然后又说了一遍:"我什么都没拿。"然后我开始朝楼下走。

"好,那么,我也要拿一样你的东西。"她说,同时试着要在楼梯上超过我。

妈的信仍旧在我床上,我碰都没碰。

"丝卓玛!"我对着她大吼,她突然僵在最后一阶楼梯上,距离我房间只有三步,"不要让我觉得你这么难照顾!"

"我没有。"她说,但是仍旧站在原来的位置。

"有,你有。你才六岁,生活已经够艰难了,你不可能什么都知道,所以他妈的不要再挑战我的极限了。"

"你说脏话。"她说着,脸开始垮下来了。

"没错,但是你能跟谁告状呢?"我心想。

她坐下来,两只手臂放在膝盖上枕着前额。我进去把信放到口袋里,和她的信放在一起。她在哭,我做了好几次深呼吸。

贺柏在楼下喊着:"上面还好吧?"

丝卓玛大叫："不好！"而我同时大叫："很好！"然后,我在楼梯转角坐下,弯下腰查看她的脸。她的鼻尖上有一滴眼泪

"你看,我流了一摊眼泪。"她说。

我想到丝卓玛,想到她能难过到哭出来,却又能注意到地板上的一摊眼泪,就不再那么难过了。我用手臂环抱住她,说我很抱歉大声对她吼,但那是为了她好。

"我讨厌秘密。"她说。

我说,有时候秘密比知道真相要好。

"那就是为什么你不要我跟妈说杰克是碧的男朋友的原因吗?"

"我们可以告诉她。"我说,"可是不是今天。我们得挑个适当的时机。"

"那你有适当的时机,跟我说你的秘密吗?"

"可能。"我说,"也许。没错。"

我口袋里的信在发烫。我想看信，又怕看信，我不知道该如何是好。我没办法跟贺柏讨论这两封信，因为现在丝卓玛知道有事瞒着她，盯得很紧，我不能冒着被她发现的风险。我唯一想得出避开她的方法，就是把自己锁在浴室里。但是我得独自一人读着妈的自杀信，除了卫生纸、清洁剂和旧杂志以外，没有东西可以安慰我。我的意思并不是说进行这件事会有完美的仪式，我不认为有。只不过，应该有比较好的方式。

爸来电话说他们把妈移到普通病房了，她有问到我和丝卓玛，所以我们应该要去医院。他说，他们"长谈"过了。我很怀疑妈说了多少话。

抵达医院后，贺柏用自动贩卖机引开丝卓玛的注意力，让我先溜进去让妈稍微能看一点。爸坐在床边上，握着她的手。她让我帮她梳头，然后我们帮她套上一件开襟毛衣，免得丝卓玛看到纱布。妈看起来仍旧很糟,但丝卓玛似乎没注意到,门一开,她就过来移开我的手,把头放在妈的胸口上,并且张开双臂。

她说:"你是不是摔了一大跤?"妈看看爸,爸又看着我。"你好多了吗?"

妈只是点点头,然后摸着她的头发。

丝卓玛从大衣口袋中拿出一样东西。"我帮你做了一张卡片。我本来以为做不成,因为哈维克太太连一支彩笔都没有,但是碧有很多,所以我特别熬夜做了这一张。"

卡片上有妈的图样,只不过她在微笑。卡片的上半部用了三百多个吻写着"尽快康复"。当妈打开卡片时,一大团压花就掉在床上,边缘还有点湿润,已开始变成棕色。

丝卓玛问:"为什么不准我们进去?"

"进去哪里?"爸说。

"家里。哈维克太太不让我们进家里去。不过罗文进去了,我没有。"

我的眼睛盯着墙看。

爸沉默了一会儿,说:"里面乱七八糟。"

"罗文跟我说了。撒得到处都是水,但是贺柏清理干净了。"

"贺柏?"爸说。妈短暂地闭上双眼,大概在眼皮下翻白眼吧。

"罗文的男朋友。"丝卓玛用手遮口在妈旁边耳语,仿佛他们两个是坐在公园椅子上的老太太。"他很棒。"

贺柏就坐在走廊上。我们从病房出来时,他站起身。

我看得出来,爸很尴尬,有点惊讶,想要说些什么,却又不太自在,感觉赤裸裸的,无处可藏。真是家丑。

我带丝卓玛去买热巧克力。我不想让她听到任何不需要听见的事。我们朝着贩卖机走去时,她伸长脖子、竖起耳朵想要听他们讲话。热巧克力很烫、很淡而且又很甜,不小心洒了一些在丝卓玛手上,被烫到了。我们找不到可以倒掉的地方,我只好把它喝掉。

从我们站的位置看,贺柏比爸高,他的手掌画圆圈似的搓揉着光头,另一手塞在口袋里,手臂笔直、紧贴着身体,左右晃动着。大部分是爸在说话,然后他伸出手和贺柏握手,贺柏说了些什么,因此爸微笑地握住他的手臂,好像他真心诚意地握手似的,好像足以说明他没说出口的话。

贺柏转向我们的时候在微笑。他说:"你爸认为你们应该回家,然后休息、吃点东西。我说我会送你们回家。"

"我们刚从家里来。"我说,"那他咧?"

"他想要留在这里。"贺柏耸耸肩,"他希望你们回家。"

"我一点都不饿,也不累。"丝卓玛说。

"老天,我又饿又累。"我说,"来吧,丝卓玛。我们就让爸妈独处那么一次吧。你可以吃甜食。"

"任何甜食?"

"或许吧。"

"橘子口味爽口糖?"

"不行。你明白吃了那个之后,你会太亢奋。除此之外都可以。"

贺柏顶了她一下、眨眨眼,然后对我说:"反正你要睡觉了,你哪里在乎?"

我们走到街上时,我打电话给碧。

她没说哈罗就问:"你好吗?"

"还好,她还在医院。"我说。

"感谢老天。"

"至少是第一步,至少她没……你晓得,不代表她有比较好。"

"如果你有任何需要,我就在这里,还有卡尔。"

"谢了,碧。还有谢谢贺柏的事。你怎么找到他的?"

"他其实没那么难找。"

"你知道吗? 光是见到他,就让我觉得好多了。"

"我当然明白了。"碧说,"所以我才找他。"

我睡在妈的房间里,没听见任何声音——没听见丝卓玛(显然是在看唱歌跳舞节目),没听见电话(爸打来的),没听见门铃(哈维克太太"担心死了")。我完完全全地昏死过去。

等我眼睛张开时,天已经黑了。房子里一片死寂。

贺柏在客厅里看书,他抬起头微笑,放下手中的书伸伸懒腰。我看着他,有完美的牙齿和黑眼睛,还有修长的体形。我心想,我是积了什么阴德才有这么一个帅哥在我家的沙发上?

"嗨,"他说,声音变成一声哈欠。我问他丝卓玛去哪儿了?"睡觉。"

"现在几点了?"

他耸耸肩。"不知道。饿了吗?想吃点什么吗?"

"不,没关系。我要去倒杯饮料。你要一杯吗?"

"为什么不让我去倒呢?"他问。

"因为我起来了。"我说,"我现在醒来了,待在这里。"

七点三十了。我在想爸在哪里,他是否睡过了,还有我是不是该要回去看他。

"他打来过。"贺柏说,"医院有提供一张床,他会在那里过夜,他明天再跟你见面。现在不要过去。"

"你们两个之前聊些什么?"我问他。

"他就说谢谢清理浴室之类的话。"

"你说什么?"

"我说不想让你清理,对我而言比较简单,让他不用放在心上。"

"你那么说啊?"

"是啊。"

"他知道你今晚要留在这里吗?"

"我告诉他我会留下来。"

"那他没意见?"

"当然。"

"你怎么办到的?"

"我告诉他,我会照顾你。我说我想照顾你,因为你照顾别人太久了。"

他说得好像一副没什么了不得的样子,好像是他在公车上听到或是电视上看到的一样轻松。他的双臂伸长在沙发背上,他的双腿放在茶几上。他说着话,我喝着水。我喝了一杯水,然后吻在他的唇上。

我吻他的时候,他的双手捧着我的脸,然后他微笑着说:"为什么?"

"少来了。"我告诉他。

我们穿着衣服睡在一起,盖着妈的毛毯。我不觉得自己还睡得着,但是还是睡着了。隔天我醒来得早,看着窗帘边缘的光线逐渐变亮,看着他。我不希望明天依旧到来。

"你还好吧?"他说,这时我才发觉他已经醒来。

我想到浴室。我说我有点怕进浴室,虽然我

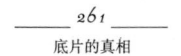

知道其实都清理干净了。我说我想要洗个澡。我说现在觉得自己好像九岁时,杰克告诉我阁楼里有个绑匪的那种恐惧。我以前经常很仓促地冲下楼,因为我很确定有人跟在我后面。

"继续说,"他用手背抚摸着我的手臂,"全部说出来,你会觉得比较舒服。"

浴室看起来完全正常。阳光一束束地穿过百叶窗,东西的颜色一如往常。覆满灰尘的橡胶树完全不受影响,尽管我并非如此。我拉起浴帘,打开莲蓬头,我的衣服堆在地板上。我洗了头,水温有点太烫。我站在那里,任凭莲蓬头温热的水流拂过我的脸。贺柏说得没错,我觉得好多了。

当我拾起衣物的时候,听见信在口袋中嚓嚓作响。我裹着一条浴巾,带着信下楼,坐在床边。我看着信封上的笔迹,知道妈是用哪支笔写的。那是杰克出门旅行前的几个礼拜,她买给丝卓玛那种花哨的签字笔。当妈还是妈的时候,那是笔筒中颜色最深的一支。

我无法拆丝卓玛的信。如果妈觉得自己不会再说一句话,那么在最后还会对丝卓玛说些什么,实在不干我的事。我不知道妈是不是高兴她没死。我不想知道。

我一想到这一点,便了解我也无法读我的信。当某人想要死却没死,不管你做什么都无法让他们活下去,而且你对他们愤怒到甚至还感受不到那股怒气的时候,你要怎么去看他们临死前的遗言?实在是说不通。我不可能在说"永别了"之后,再说"哈罗,又见面了"。

我穿好衣服下楼,把信交给贺柏。我说:"你可以帮我保管吗?因为我没办法。"

"当然可以。"他说。

"放在丝卓玛找不到的地方。她真的不应该

看到这些。我也不想看到。"

"这些是什么?"

"死人写来的信。"我说。

20

我自己去了医院。我走到公车站。天气很冷,天空非常的晴朗,月亮还高挂在天上,淡白的月色像剪出来的云一般。我想要帮爸买杯咖啡什么的,但是我身上的钱只够搭公车。

我到的时候,他已经起来了,穿着沾满褐色血迹的衣服,胡楂未刮,显得无精打采。妈仍在睡。我说服他先回家洗澡。但他不想离开她,好像他突然忘记他们已经分居两年了。

"她不会有问题的。"我说,"我会坐在这里陪她。去吧。"

他吻了我的头顶。"我不会去太久。"

我心想:"他以为他不在,我就不行了吗?"然后我想起来,也许他没有错。

妈看起来灰扑扑的,好像有人用颜料涂在她的皮肤上。她的眼睛周围有严重的黑眼圈,但是至少她张开眼睛说:"哈罗。"

我问她感觉怎么样,但是她似乎不知道要如何回答,只想要喝点水。

她说:"你看信了吗?"

"没有。"我说。

"把它烧了。"妈对我说,"不要看,烧了。"

"真的吗? 我难道不能……"

"答应我。"她说,"我不希望你看,罗文。"

我很想跟她说,那她就不应该写那封信。有那么一瞬间,我希望我看过了,我突然极度迫切地想知道信里面写些什么。这就很像有人跟你说："不要去想红气球。"于是,红气球就马上出现在你脑海中,不请自来地在空中上下跳动着。

"好,我不看。"我说。我在猜,她到底在里面写了什么,会比她已经做了的事糟糕。"我已经把丝卓玛的藏起来了。"

她闭上眼睛,身体在床上陷得更深,虽然才刚醒来,但是看起来精疲力竭。我们安静地坐着,只剩下仪器的哔哔声和走道上的各种声响。妈没再说话,所以我也没说。有时候她会张开眼睛看着我,我就微笑。但是她又闭上眼睛,回到眼皮后面的黑暗中。

我既害怕又孤独,而且很无聊。我希望爸赶快来,甚至是丝卓玛也好。我想要见贺柏。我在脑海中列了一串妈决定自杀的理由。

杰克。杰克。杰克。杰克。杰克。

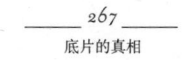

我几乎可以用"他走的时候把她也一起带走"这个理由而恨杰克。但是,那其实大多是她自己的问题。

我和爸和碧还有丝卓玛,我们都想念他。我们都希望时间能够倒转,把他留在我们身边。我们都渴望见到他,听到他的声音,享受他活生生会呼吸会动的身体的陪伴。

但是,我们痛恨死也决定要好好过日子。而她,却让"过日子"变得这么难。

我不晓得接下来会怎么样,如果妈好转的话,如果她有可能好转的话;或者我们从今以后都要担心再度发生自杀事件,我不想一直预防让她离剪刀、绳子和插座远一点。我再也不想为她担心了。

我看着她额头侧边跳动的脉搏、她手臂上的蓝色血管和僵硬的嘴。

我几乎不认识她了。单独和她相处，比独自一人还要困难。

我坐在那里玩着自己的手指头，想着我哥。我努力记起有段时间没有去想的事情，例如，我们在看《逃出恶魔岛》时，他说可以看了，于是我回过头刚好看到克林易斯威特被一把切肉刀剁掉手指头。

或者是他和他的朋友班恩躲在我的床下，偷听我玩洋娃娃——玩男朋友和女朋友的游戏，直到他们无法再压抑笑声，指指点点又唾沫横飞地跑出房间。

或者是我的仓鼠丁丁死掉的那一天，他帮我用鞋盒做了棺材，挖了一个坟墓。就算丁丁已经僵掉了，看起来实在很可笑，他也没有笑。

我试着去想象杰克二十岁、三十五岁和六十岁的模样。我创造新的回忆。不知妈是不是躺在那里想着同样的事,如果我们至少有那么一点共同点的话。

当护士过来调整妈的点滴或是检查妈的病历时,他们会瞥我一眼,然后假装我不在场。或许他们不知道要如何跟自杀未遂的妈妈的孩子说话;或许他们在学校时没有接受过这种训练;或许他们是忙到没有时间表现善意。

有那么一会儿,我觉得是我变成透明人了,不只是妈没有注意到我而已。

但是爸看得到我。他进来时已经整齐干净、刮过胡子的模样了,但是看起来还是睡眠不足。他拾起妈的手亲吻了一下,而她继续假装睡着。我看得到她的眼皮在颤抖,因为努力装睡而颤动。

"一切都好吧?"他问道,并且在我的椅子旁蹲下来,脚踝微微地跳动着。他很努力地表现开朗。

我耸耸肩,点点头,拨弄着牛仔裤接缝上有点脱线的位置。

"她有醒来过吗?"

"应该算有吧。"我说,"她现在是醒的,但是希望我们全部都消失。"

"阿福瑞斯医生有来过吗?"我不知道那是谁。我说护士有来过,还有另一个应该不是护士的人,但是我不确定那是谁。"他们怎么说?"

"什么都没说。"我说。

我问他,妈要在医院待多久。他说要看阿福瑞斯医生的决定。"再一两天吧,我觉得。之后,他们应该需要病床了。"

我想到未来排急诊的行列中有妈的位置,想到和她、她包扎起来的手臂、还有像发烂报纸的皮肤一起待在家里,我开始发抖,虽然外表看不出来,但是打从心里面发抖。

"那接下来怎么办?"我说,"然后,我们应该要怎么办?"

爸的手放在我的膝盖上。"一切都会没事的。"

我讨厌人家那么说,尤其是那些完全不知道接下来会发生什么事的人,他们让开口问的人显得很愚蠢。

"你是根据什么这么说,爸?"我的音调太尖锐,回应也太快。

"罗文,没关系的。"

"不,才不。她根本还没准备好。"我说,"她会回到家里,然后坐在黑暗中,然后再度无视我们的存在,然后想着去死。"

假寐中的妈挪动着身体,但是她没有争辩,爸也没有立刻驳斥,因为就在这个时候,贺柏替丝卓玛推开门,就在我话说一半的时候冲进来。我听见橘子口味的爽口糖在她口袋中摇晃着,然后门又关上了,贺柏留在走廊上。透过玻璃,我看得见他的影子。

至少妈知道丝卓玛在医院的时候,她是不可能继续装睡的。她张开眼睛,然后真心微笑了。丝卓玛认为这是要她爬上床的邀请,她躺在床上,脚碰到地板,头放在妈的大腿上。

我站起来,打算离开房间一下下,呼吸一点新鲜空气。我觉得有人把我的氧气全偷走了。

我还没走到门那里,妈就清了清喉咙说:"我真的想要变好。"她的声音细小、破碎,而且很脆弱。

"乖女孩。"丝卓玛说,拍拍她的手臂,"好女孩。"

贺柏已经不在走廊上了,我搭电梯下楼去找他。电梯门快关上时,有一家人挤了进来。那是一家人——妈妈,比我妈年纪稍微大些,一个大约二十一岁的男生,还有一个大约杰克年纪的女生。他们满眼泪痕、双眼红肿,仍在哭泣中。男生戴着太阳眼镜,看不见他的眼睛,只看得到他颤抖的嘴和滑落的泪水。我知道我看到的是他们最悲伤的一天。我甚至不想猜测,不用问我都知道,他们某个深爱的人过世了。我不能自已地注视着他们,我当然知道我应该看别的地方,譬如地板或是墙壁之类的,但是我没有。

然后,发生了一件事。当他们踏入电梯时,他们各自处于悲伤与失落的孤岛上的同时,他们对我微笑了。首先是那个妈妈,然后女儿,最后是那个男生,对着我微笑,就在他们心碎的那一刻,对一个在电梯里面谁都不认识、盯着他们看的人。我回以微笑,心想这是多么不可思议,他们居然还笑得出来。即使你经常视而不见,但是世界仍有着美好的一面。或许那就是妈所遗忘的——当我们以为失去所有能失去的东西时,有人走上前来,毫不吝啬地将善意给予我们。

后来,他们让妈在星期六出院。我猜,她答应医生她会乖乖的,然后他们用快乐药丸喂饱她后放走,因为他们需要那间病房。

我们没有返家仪式。那是爸的主意。他说可能会不好进行。他说妈可能需要一些时间。他说,他会留下来。

有别人负责思考,实在是一种奢侈。

贺柏带我们去碧和卡尔家——大概是距离我家最遥远的星球了。卡尔打开门,用一只手抱起丝卓玛,然后用另一只手和贺柏握手。然后他用手臂环住我,亲吻我的头。

丝卓玛跳下来,蹦蹦跳跳地去找碧和桑尼。

卡尔说:"你妈还好吧?你好吧,都没事吧?"

"她不好。"我说,"她在家。我爸在那里。"

"那你呢?"

"我还好。"

"有人照顾吗?"他说,又对着贺柏微笑,再握他的手,拍拍他的背。

"有。"

"很好。也该是时候了。"

"我只是不知道该怎么办。"我说,"我不知道到底要花多少时间,还是什么的。"

"或许,你无法确定。"卡尔说,"因为你无法掌控接下来要发生的事。"

"碧好吗?"

"她想念你。她很担心。"

桑尼在走廊上撞入贺柏的双腿之间,贺柏把他抱起来。"嗨,小家伙。"他说,他们仔细地互相打量着对方,然后桑尼抠着贺柏的鼻子。

碧从厨房走出来,带着她美丽的微笑拥抱我。

一切仿佛魔法一样,在那样悲伤的极限里能

有这样的一个夜晚。

我们用卡尔在垃圾桶找到的大箱子做了一个玩偶剧场。我们把箱子放到走廊上涂颜色,卡尔剪了一个方方正正的洞当做台。贺柏拆开一道接缝,把箱子立起来,让我们可以站立起来,让我们可以躲在里面。碧在外面钉上红色的布当做幕布。她有好多的手偶和指偶,还有拉线的人偶。丝卓玛把这些人偶全摊在客厅的地板上一字排开,她想知道每一个人偶的名字。桑尼则是不断地拿走人偶。

我们在一卷衬纸上画了背景(树、草还有城堡),然后用胶带贴在舞台后方当做布景。

第一场演出应该是《睡美人》,但是其实从头到尾都是丝卓玛在箱子里咻咻地笑。桑尼跳来跳去,整个舞台都在震动。丝卓玛扮演的睡美人剧烈地震动,不断地从舞台上消失。她的头三不五时地从舞台的侧面探出来,好让我们知道这一切有多么好笑。

接下来,卡尔和贺柏演了一局伐木工人和鳄鱼的故事。桑尼从头就一直拍手、尖叫到结束。我们看得到他们的头顶,因为两个人太高大了,没有办法完全隐藏在舞台后面。丝卓玛说看起来就像小山丘,应该把他们当做布景。

后来,卡尔让桑尼和丝卓玛帮忙做水果沙拉。丝卓玛宣称她完全知道怎么做,因为在学校做过了。"只不过刀子太钝,什么都切不动。"她说,"只能切香蕉。所以,贺尔太太在下课时间做完所有的步骤,但是她先选我和加百利到职员室里面帮老师。"

"那我可以跷起二郎腿,把所有的事都让你做咯?"卡尔说。

碧在卡尔身后高喊:"小意思!对吧?"他探出

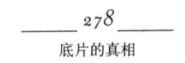

头来说:"没错!"

这是我们三个人第一次好好地相处在一起——贺柏、碧和我。我不得不想,是杰克把我们聚在一起,他不需要做什么,也不用存在这里,就做到了。

我不知道,如果杰克还活着的话,他们是否还会是我的朋友?或许他们只会是他的朋友。如果情况没变,如果杰克仍然活着,而妈就像以前一样,我就会是原来的我——乱发脾气、爱顶嘴、不会照顾任何人——甚至不是我自己。我怀疑他们是否会认得我,甚至我都会不认得自己。

碧将可能会在走廊上对我点点头,因为我是她男朋友的妹妹。贺柏可能会在街上与我擦肩而过,就这样而已。我们可能会注意到彼此,但也可能不会。

但是现在他们在这里,而我觉得他们是我在

这个世界上仅有的一切。我告诉自己,有些家人是自然而来的,但是有些是我们选择的。而我选择这两个人。

我想,这就是所谓的"天无绝人之路"吧。

"这个礼拜真是!"贺柏说,然后用手臂环住我,把我拉入他怀中。

"事情变糟了,然后好转了,是不是?"碧说。她蜷在一张绿色大沙发里,双臂环抱着膝盖,梳洗过的头发金光闪闪。

我点点头:"就在以为绝对不会变好的时候。"

我们静默了一会儿,很自在的安静,在一起。桑尼和丝卓玛在厨房里发疯似的咯咯笑着,他们的声音让我们微笑,仿佛有传染性似的。

"我想帮你爸和妈做一些东西。"碧说。

"什么样的东西?"

"嗯,其实是给你们大家的。像是一本书。一些我的照片。一些杰克的照片。"

我想到藏在床底下的我的杰克的照片,碧的杰克的照片,那些让一切发生的照片,若不分享实在是太吝啬了。

"你觉得好吗?"碧说,"你觉得他们会想看吗?"

我说我觉得很棒。我说我可以帮忙。我说:"反正,等事情平静下来之后,他们应该要见见你。或许,现在也可以。我不知道。"

碧凝视着我好一阵子,然后抬起头看天花板。

"你也可以不见他们,如果那不是个好主意的话。"我说。

"不,不是那个原因。只是我——还有别的事,"她说,"我还得给他们别的东西。我得告诉你一件事。"

"什么事?"

"这是隐私吗?"贺柏说,"我需要离开吗?"

碧看着我。"这由罗文决定。"

"不用啦。"我说,靠入他怀中。我心想,她还会有什么秘密? 她还能隐藏什么?

"到底是什么? 碧?"

她在沙发中挪移。她从身下抽出一些东西。更多的照片。她看着照片,然后再看看我。

"我不知道要怎么说,所以我给你看这些。"当她把照片递给我时,手在颤抖。

婴儿照片,新生婴儿的照片。一个紧紧包裹在毯子里的婴儿,几乎看不见他的脸。一个在睡觉、脸皱成一团、小到难以想象的婴儿。而照片上的碧,看起来比现在年轻、疲惫但是很快乐。她看着婴儿在微笑。她亲吻婴儿小小的头。她坐在床上,怀里抱着婴儿。

"这是桑尼吗?"我说。

"对,是他。"

"我不懂。"我抬起头看着她说,想法悄悄地从后方袭来。

"桑尼不是我的弟弟,罗文。"碧说,"他是我儿子。"

我听着她说话,房间似乎在我四周紧缩起来。我盯着照片看。贺柏用手臂环住我的腰,稳住我。

"他是我和杰克的。"

21

杰克死的时候,碧怀了两个月的身孕。

当他离开再也没有回来时,他的一部分已经留下来了。一个不断分裂的细胞,一个数学上的奇迹,一个儿子。

她没有再回到原来的学校。她休息一段时间,让自己停止哭泣。她不想成为别人茶余饭后的话题,她不想被另眼看待或是同情或是鄙视。那个应该明白道理的女孩,却把生命弄得一团混乱。

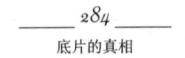

碧说,她的感觉并不是那样子。她确实是很害怕——怕告诉卡尔、怕当妈,还怕自己身上所发生的变化。她说:"我一直在想,万一像我妈怀了我一样的话,我会怎么做,年纪太轻而居无定所。我在想我是否会留下孩子。但是一想到是杰克的孩子,而杰克已经走了,我觉得他并不是什么都没有留给我。我觉得我并不孤单。"

贺柏说:"这实在太神奇了,简直让人不敢相信的神奇。"

我等着桑尼回到房间里。我猜着他的哪一部分是我哥。我注意着门口,试着接受这一切,然后有一种感觉,像滚动的雪球般,希望、兴奋还有一种尚未到达终点的感觉。

"杰克知道吗?"我说。

碧摇摇头,仔细地盯着自己的双手。"不,他不知道。"

她叫了一声我的名字,我看着她。她说:"我很抱歉。"

"不要抱歉。"

"我应该要告诉你。我们两家应该要一起知道。如果我能回到过去,事情一定会不一样。"碧说。

"如果可以的话,杰克现在就会和我们在一起。"

"我知道。"

"你真的很棒,碧。"我说。我哭了,但是我并不难过。我抱紧她。"何止是很棒而已。"

就在那时,卡尔走进房间把桑尼放在碧的双腿上。"谢了,爸。"她说,然后对他微笑,他对她眨眼睛。

卡尔把手放在我的肩膀上。"你还可以吗?罗文?你能接受这一切吗?"

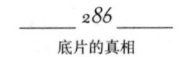

我点点头,微笑着用袖子抹着脸。桑尼正在喝奶,一边玩弄自己的头发,他的眼睛慢慢地闭上,然后挣扎着要张开,他的睫毛又黑又浓,跟杰克一样,金色的皮肤像碧。我伸出手抚摸他温柔、蜂蜜般的手臂。

"嗨,桑尼。"我说。

这时候丝卓玛走下来,然后在房间中央停下来,仿佛她遗忘什么似的。"为什么大家这么安静?"她说。

每个人都看着我。"我们正在想事情。"我说。

我仍旧抚摸着桑尼。他越过奶瓶看着我,对我微笑。奶汁从他的嘴角流出来,从脸颊上朝着耳朵滴落。"在想什么?"丝卓玛问。然后她看到我腿上的照片,她说:"噢,是北鼻。这是我吗?"

"不。"碧说,"那是桑尼。"

"我们就是在想他的事。"我说。

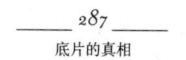

丝卓玛翻看着照片。她说:"为什么很小的北鼻看起来像老人?"

卡尔大笑:"你是什么意思?"

"整个皱成一团,然后看起来脾气很坏之类的。"

碧说那是因为他们才刚从漫长的睡眠中醒来。

丝卓玛看了她好一会儿,然后说:"为什么里面有一张你的照片,而不是桑尼的妈妈?"

房间顿时安静到我能听见桑尼奶瓶中气泡破裂的声音。碧看着我。

"告诉她吧。"我说。

"告诉我什么?"丝卓玛问。

"我是桑尼的妈妈。"碧说。

丝卓玛用手捂住她自己的嘴,我看得出来这些想法使她的眼睛暗了下来,就像同时很努力想

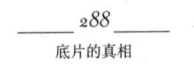

把一大堆数字加在一起的样子。

我向丝卓玛伸出手,她握住我的手坐到我的大腿上。她想得正出神。她正在努力思考是怎么回事。

"你想知道桑尼的爸爸是谁吗?"碧说。

"那是秘密吗?"

"对。"碧回答。

"那,我想知道。"

碧和我同一时间互看了一眼,异口同声地说:"杰克。"

我不知道丝卓玛怎么想,她把大拇指放进嘴里,对着眼前某处皱着眉头。我看了一下她的脸,但她就只是瞪大眼睛。

我把嘴巴凑到她耳朵旁边,"想听听更有趣的事吗?"

她点点头,但她的视线没离开碧和桑尼。

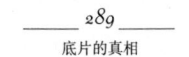

"你和我是姑姑了喔。"我说,"你是丝卓玛姑姑。"

她看着我,一副我没认清现实的样子,好像她不知道该从何解释起。"我不能当姑姑,我才六岁。"

贺柏大笑,从我背后把头搁在我的肩膀上。

"你还好吗?"我问她,用手搓揉着她的大腿。

她看着卡尔说:"如果杰克在这里的话,他的麻烦可就大了。"

"他就会是个爸爸。"卡尔说。

"那好奇怪。"她皱起鼻子说。

桑尼喝完奶,倒退着爬下碧的椅子。他开始在地毯上跳起没有音乐的舞。"那我还可以跟他一起玩吗?"丝卓玛跳下来问道。

"当然可以。"碧对她说。

"比以前更可以了。"我说。

晚一点的时候,贺柏和我坐在厨房里,关了灯、蜡烛也即将熄灭。大家都睡了。丝卓玛和桑尼还有碧,一起睡在她的床上。贺柏握住我的手,用手指摩挲着我手掌上的纹路。我无法停止我狂奔的思绪。

"你打算什么时候告诉你的家人?"他说。

"我会先跟我爸说。"我说,"我会跟我爸说,然后他可以决定要怎么办。"

他对着我微笑,然后说了些类似"你的意思是,你不会一个人进行这件事?"

我朝他扮个鬼脸。然后说:"你觉得他们会像我们一样开心吗?"

"我希望会。"他说。

"希望一切都会好转。"我说。

"你妈现在一无所有,什么都没有意义。这会是个礼物。"

"你觉得他们会那样想吗?"

"我认为碧和你哥即将改变所有的事情。"

"我很担心他们不会这么想。"我说,"万一妈和爸的态度很奇怪,又带着批判性,怎么办?万一他们不喜欢她呢?或者不相信呢?"

"不要怕,不要这样想。你担心太多了。"

我对着在闪烁烛光下的他微笑。"若没有你,我会怎么样?"

"你会好得很。"

"不,我不会。"

他伸开双臂打了个哈欠,从椅子上站起身来。他开始清理桌面。"你想和我一起睡在救护车里吗?"他说,"我们还没有这样过呢?"

"我们要去哪里?"

"你想要去的地方。"

"那我们去市场路七十一号。"

"确定吗？"

"是啊，我现在比以前喜欢那个地方了。"

我们留了一张字条，说我们会回来。我们就停在那天我看到他的小转角。我们拉上窗帘、铺好床。我在一个架子上找到一本相簿，里面都是贺柏的家人，他妈和他爸还有他，比较年轻、比较小，但是看起来一模一样。

我披着毯子坐着看照片。贺柏则是看着我。"怎么了？"我问。

"我从来没想过会遇到你。"

"那是什么意思？"

"我捡到一个东西，然后归还了，应该就这样子而已。我现在应该在马德里或是柏林，或某个地方。"

"我很抱歉。"

"不，别傻了。我遇见你，就不想离开了，这就是我的意思。我没有想到会这样。"

"谢谢。"我说,因为这段话让我感觉好棒。

他大笑:"不客气。"

我说:"我很高兴碧掉了底片,也很高兴你把它交给我。那一小张底片让很多事改变。"

我想着碧这些日子以来都在等着要跟我说,但是不知道要如何开口。回头想想,这一切是多么奇怪,碧是那么害怕和我分享这么一件好事。我说:"可怜的碧。她一定很想跟别人说。"

贺柏仍注视着我,但是他沉默太久了。"我仍然要走,罗文。"

"去哪里?"

"去我原来要去的地方。"

"你要走了吗?"

"我想看很多事物,很想去旅行。那是我的梦想,我必须要做的事。"

"我不能一起去吗?"

"你知道我很愿意的,但是你得留在这里。你得为这件事留在这里,不是吗?"

我点点头。"那然后呢?"

"我得回家看看我的家人,然后告诉我妈不要再担心了,然后……家人,你懂吧?"

"你是我的家人。"我说,"感觉你就是。"

"我也一样。我喜欢你这么说。我会回来的。"

"不,你才不会。"我说。我脑子里有个他的画面,旅行中、在温暖的阳光下、崭新的一切、还有我在他的脑海中褪去直到消失的画面。

"不要那么说。"他说,"那样不公平。我不是在骗你。"

我说:"那你什么时候离开?"

"一个星期,或许两个礼拜。我得强迫我自己离开。"

"我不敢相信不会再见到你了。"我说。

"注意,"他说,"我不敢相信遇见了你,而你是那么的年轻,却又比我成熟那么多,然后我对你有现在这种感觉。从你不想从我手中接过底片的那一天开始。你从一开始就搅乱了我的旅游计划。"

"这就是你不应该离开的原因。"我对他说,"也就是我不想要你走的原因。"

他沉默了一分钟。他在思考,"罗文,我的看法是,我们已经知道一些我们太过年轻还不需要知道的事。"他说:"就是那样。我们两人还有很多时间。这样你听得懂吗?"

"杰克和碧就没有。"我说。

"我们不是杰克和碧。"

"我只想要和你在一起。"我说,"并不是想让这件事变得棘手。"

"我得走。"他说,"一阵子,几个月。我会写信。我们会通电话。我不是离开你。我不会那么做。"

"好啦,"我说,"好啦。"

"我很抱歉,罗文。"他站起来,然后靠在我身边的床上坐下。他用手臂环抱住我,我靠在他身上、闭上眼睛。"我会回来。"他说,"我向你保证。"

"你最好是。"

我看着他眼睛深处,想到他不在的时候,还有等他回来时,会是什么光景。

我想到碧和我不再有秘密,还有我有多么爱她。

我想到桑尼,想到碧和杰克在我们都不知道的情况下所给予我们的。

我想到妈和爸。

我想到当我们告诉妈实情的时候,她的表情

会是什么模样。我想象着她对桑尼张开双臂,双手触碰他的皮肤。我想到她会告诉自己,杰克并没有离开。

我想到她会复原,即使一点点,在某个时候。

我想到我们再度变回一个完整的家。不只是妈和爸和我和丝卓玛,还有碧还有桑尼和卡尔,以及贺柏。我想到我们在生日、野餐,还有漫长的星期天午餐时间,都在一起。

我想到碧在杰克的房间里,触碰每一件物品,用双手感受他的痕迹。我想到她睡在他的床上,穿着他的衣物和读他的书,寻找他留下来的秘密。

我想要拆除杰克·克拉克纪念馆,分享他的物品,因为他再也不需要了。我想要有一间真正的房间,让它活过来,而且再也不会有人在意。

我想到我们,我们大家,两个组合起来的家庭一起去杰克的那座湖泊。划船到岛上,啜饮着阳光,在石头上熨烫我们的脚,在带走他的那一汪湖水中游泳,亲眼见证他是在一个多美丽的地方离开,他拥有那么完美的一天。

我想到贺柏离开后再度见到他的样子,想到会是什么样的景况。

我看着他的脸,想将他完全刻印在脑海中,然后我说:"如果我到现在为止都做得还不错的话,那么接下来的部分应该会很轻松。"